This Book Comes With Free Bonus Puzzles

Available Here:

BestActivityBooks.com/WSBONUS20

5 TIPS TO START!

1) HOW TO SOLVE

The Puzzles are in a Classic Format:

- Words are hidden without breaks (no spaces, dashes, ...)
- Orientation: Forward & Backward, Up & Down or
  in Diagonal (can be in both directions)
- Words can overlap or cross each other

2) ACTIVE LEARNING

To encourage learning actively, a space is provided next to each word to write down the translation. The **DICTIONARY** allows you to verify and expand your knowledge. You can look up and write down each translation, find the words in the Puzzle then add them to your vocabulary!

3) TAG YOUR WORDS

Have you tried using a tag system? For example, you could mark the words which have been difficult to find with a cross, the ones you loved with a star, new words with a triangle, rare words with a diamond and so on...

4) ORGANIZE YOUR LEARNING

We also offer a convenient **NOTEBOOK** at the end of this edition.
Whether on vacation, travelling or at home, you can easily organize your new
knowledge without needing a second notebook!

5) FINISHED?

Go to the bonus section: **MONSTER CHALLENGE** to find a free
game offered at the end of this edition!

Want more fun and learning activities? It's **Fast and Simple!**
An entire Game Book Collection just **one click away!**

Find your next challenge at:

BestActivityBooks.com/MyNextWordSearch

Ready, Set... Go!

Did you know there are around 7,000 different languages in the world? Words are precious.

We love languages and have been working hard to make the highest quality books for you. Our ingredients?

A selection of indispensable learning themes, three big slices of fun, then we add a spoonful of difficult words and a pinch of rare ones. We serve them up with care and a maximum of delight so you can solve the best word games and have fun learning!

Your feedback is essential. You can be an active participant in the success of this book by leaving us a review. Tell us what you liked most in this edition!

Here is a short link which will take you to your order page.

BestBooksActivity.com/Review50

Thanks for your help and enjoy the Game!

Linguas Classics Team

1 - Antiques

```
S E H R E T N Y M Q M Q T A W P
S T M L E M M A G V V K H N S J
T M I Q E S S Q Y Q J V V D H U
D A Y L A H T E T I L A V K G V
U L F K R K V A L X A T P E A A
N O J S K U A A U M C G N J L N
E I N I C E E I D R E V L P L L
L S B T A H R B E E E Z D H E I
E K Y N C I D O K L P R Y U R G
G U I E O Z N C O B M E I S I J
A L H T S N U K R Ø L L U N X X
N P T U I U H X A M B M E T G M
T T X A R S R H T O G A D M K K
P U W G L C Å K I E I S W T S V
G R U J A R N T V N H H E S Q B
P R I S I N V E S T E R I N G V
```

KUNST	INVESTERING
AUKSJON	SMYKKER
AUTENTISK	GAMMEL
ÅRHUNDRE	PRIS
MYNTER	KVALITET
SAMLER	RESTAURERING
DEKORATIV	SKULPTUR
ELEGANT	STIL
MØBLER	UVANLIG
GALLERI	VERDI

2 - Food #1

```
H  I  K  S  I  F  N  U  T  N  Z  S  C  I  D  A
X  V  E  C  I  U  J  Z  P  M  V  L  B  S  Y  W
N  I  I  B  V  T  T  Ø  N  A  E  P  M  C  P  W
D  Y  H  T  R  Z  R  U  H  S  R  T  E  S  N  H
J  E  W  A  L  K  S  O  Y  A  Æ  R  L  L  Z  C
L  Ø  K  N  Z  Ø  O  S  N  L  P  C  K  O  F  S
M  P  H  I  H  L  K  W  I  A  B  Y  G  G  F  U
S  U  M  P  A  F  I  Z  E  T  Q  V  L  C  E  K
U  F  W  S  M  P  R  J  O  R  D  B  Æ  R  C  K
D  M  T  K  Z  F  P  J  Y  L  K  G  W  L  N  E
X  E  N  P  E  L  A  C  J  J  Q  A  B  U  E  R
N  P  B  A  S  I  L  I  K  U  M  U  N  Z  P  W
D  P  Q  O  P  V  I  G  R  Q  D  D  J  E  E  B
G  U  L  R  O  T  C  U  P  Y  Q  S  O  X  L  X
D  S  A  L  T  Z  U  D  S  G  Q  D  O  M  A  F
M  Z  X  K  J  H  D  Z  R  O  T  H  T  D  T  P
```

APRIKOS	PEANØTT
BYGG	PÆRE
BASILIKUM	SALAT
GULROT	SALT
KANEL	SUPPE
HVITLØK	SPINAT
JUICE	JORDBÆR
SITRON	SUKKER
MELK	TUNFISK
LØK	NEPE

3 - Measurements

```
H C Y K Q X C S B B T X W O B C
Y H S A I E O U P R M A S S E E
Q X J X M L Z C R E T S Y V Y N
R M A C J N O B C D L Z C O Z T
D E S I M A L M P D Y E W L K I
D V D V U L I P E E K W L U M M
G R A M P C K A P T K E V M I E
L I T E R Q E D H M E C Y K D T
T O N N L B X L Q S R R U C G E
T B Y T E E S N M E T E R M L R
U U O B B H N E J O T N Z G Z X
N J N R L Ø B G D U O C G R A D
I P H S B Y K O D O M V G E S K
M Y R W E D B Y D E M Q C D Q J
T R I B S E M W O K E I J T O B
P A Y W L Z W A G H Y X S D Z X
```

BYTE
CENTIMETER
DESIMAL
GRAD
DYBDE
GRAM
HØYDE
TOMME
KILO
KILOMETER

LENGDE
LITER
MASSE
METER
MINUTT
UNSE
TONN
VOLUM
VEKT
BREDDE

4 - Farm #2

```
V  V  G  M  B  Z  Q  L  Q  W  W  N  L  O  N  C
A  P  R  G  Y  H  S  J  Å  I  J  U  A  S  A  U
N  N  Ø  Z  G  N  E  Z  B  V  N  V  M  P  G  B
N  J  N  S  G  E  G  M  W  J  E  D  R  Y  H  M
I  S  N  W  J  X  A  A  L  F  O  P  A  J  I  X
N  O  S  T  J  I  H  T  F  K  F  R  U  K  T  N
G  L  A  R  F  A  T  A  R  E  L  S  O  D  F  M
S  A  K  A  V  I  K  M  N  D  I  X  S  W  E  I
V  M  L  K  F  X  U  Q  E  D  B  M  E  L  K  C
L  A  L  T  S  E  R  Y  D  D  O  Y  G  U  Y  K
P  P  C  O  E  I  F  W  G  U  N  Q  L  Q  G  O
S  Q  S  R  F  Y  E  R  G  Y  D  P  U  P  H  R
V  I  N  D  M  Ø  L  L  E  Q  E  Z  U  N  L  N
M  X  J  P  F  E  H  V  E  T  E  O  A  A  V  E
Q  K  C  N  Q  T  J  W  F  B  L  W  N  W  A  F
X  U  C  A  B  G  E  P  Z  F  C  C  P  X  Y  E
```

DYR	LAMA
BYGG	ENG
LÅVE	MELK
KORN	FRUKTHAGE
AND	SAU
BONDE	HYRDE
MAT	TRAKTOR
FRUKT	GRØNNSAK
VANNING	HVETE
LAM	VINDMØLLE

5 - Books

```
M  F  E  A  C  R  A  C  Q  R  Y  T  N  E  V  E
H  S  H  K  H  P  M  I  J  O  W  L  R  A  G  V
O  V  L  O  P  G  Y  W  G  M  G  S  E  K  U  P
D  U  A  L  I  T  E  T  X  A  S  L  L  S  F  B
M  Q  E  T  W  X  C  C  M  N  R  F  L  I  E  B
H  U  M  O  R  I  S  T  I  S  K  U  E  G  A  R
O  P  P  F  I  N  N  S  O  M  N  I  T  A  X  Æ
T  E  V  E  R  K  S  A  N  L  S  I  R  R  F  R
S  A  M  L  I  N  G  G  X  T  L  V  O  T  X  E
K  M  I  G  U  H  V  P  U  D  W  E  F  F  E  T
E  E  S  U  H  K  I  G  N  U  L  S  U  G  E  T
T  P  W  I  S  E  O  P  S  M  D  I  K  T  A  I
N  I  D  B  D  H  I  S  T  O  R  I  E  H  K  L
O  S  M  A  Y  E  W  Z  T  X  B  I  H  R  M  A
K  K  S  I  R  O  T  S  I  H  Y  V  P  J  L  T
F  O  R  F  A  T  T  E  R  K  H  A  D  N  D  N
```

EVENTYR	FORTELLER
FORFATTER	ROMAN
SAMLING	SIDE
KONTEKST	DIKT
DUALITET	POESI
EPISK	LESER
HISTORISK	AKTUELL
HUMORISTISK	HISTORIE
OPPFINNSOM	TRAGISK
LITTERÆR	SKREVET

6 - Meditation

```
L G V E E M J W B O H Q C V P A
E X V C O U S T I L L H E T E O
T I F R E S L E L Ø F Y T A R C
K E R H Q I Z P Z I Q H S K S N
J X E R E K N A T Y G N U S P I
L X D D R K R C S S N H P E E T
T A K K N E M L I G H E T P K V
K N D A A S I N N D S Z K T T E
I L M E D F Ø L E L S E W Å I N
P I A U G D O G B L R A P Q V N
N F R R U T A N E M Y L W X M L
R C T E H M O S K R E M P P O I
F L Y N H E S L E G E V E B Q G
E W B A G A T M E N T A L W X H
D A O V K F X I R U H V R S M E
M I D A R R O L I G Q M I Z T T
```

AKSEPT
OPPMERKSOMHET
VÅKEN
PUSTE
ROLIG
KLARHET
MEDFØLELSE
FØLELSER
TAKKNEMLIGHET
VANER

VENNLIGHET
MENTAL
SINN
BEVEGELSE
MUSIKK
NATUR
FRED
PERSPEKTIV
STILLHET
TANKER

7 - Days and Months

```
V  Z  V  Q  N  Y  T  K  A  P  M  E  Z  V  P  I
H  A  V  B  S  O  I  U  J  G  A  D  S  R  O  T
Z  A  G  Q  U  O  V  O  B  H  N  E  X  Å  Q  S
U  M  A  R  S  N  K  E  K  U  D  N  K  F  C  U
C  F  D  E  K  S  Z  A  M  X  A  Å  Q  E  L  G
E  Z  S  B  H  D  T  R  L  B  G  M  P  B  L  U
C  F  R  M  R  A  B  S  J  E  E  A  B  R  N  A
W  I  I  E  W  G  K  N  A  L  N  R  G  U  S  R
N  E  T  T  T  A  K  X  N  Q  Ø  D  Z  A  C  J
B  D  S  P  Q  D  I  L  U  J  H  R  E  R  Z  R
R  T  G  E  Q  N  R  V  A  V  K  F  D  R  Q  L
X  Z  Y  S  H  Ø  C  L  R  H  I  Q  P  A  C  O
G  L  E  X  X  S  F  R  E  D  A  G  D  T  G  D
D  E  S  O  K  T  O  B  E  R  L  M  W  B  W  E
K  K  H  A  C  A  P  Z  E  M  X  N  P  K  T  V
A  P  R  I  L  N  A  C  C  C  M  D  H  N  T  O
```

APRIL	NOVEMBER
AUGUST	OKTOBER
KALENDER	LØRDAG
FEBRUAR	SEPTEMBER
FREDAG	SØNDAG
JANUAR	TORSDAG
JULI	TIRSDAG
MARS	ONSDAG
MANDAG	UKE
MÅNED	ÅR

8 - Energy

```
J  J  V  N  M  F  E  L  E  K  T  R  O  N  W  L
R  N  N  W  J  M  O  V  M  O  T  O  R  J  Q  S
B  V  P  H  W  N  L  R  I  U  U  D  M  D  J  H
E  H  A  H  L  L  V  Y  U  N  K  A  R  B  O  N
N  Y  M  R  Y  E  I  Z  Y  R  D  Q  F  Y  S  B
S  D  Z  W  M  S  P  M  A  D  E  U  D  J  D  F
I  R  Q  X  G  E  O  A  A  H  N  S  V  K  G
N  O  F  Q  A  I  R  H  Y  W  X  O  S  T  Y  W
A  G  O  N  Y  D  T  U  R  B  I  N  K  I  R  B
U  E  T  B  G  B  N  N  U  K  L  E  Æ  R  N  I
O  N  O  M  B  A  E  L  E  K  T  R  I  S  K  G
J  D  N  I  V  T  F  O  R  N  Y  B  A  R  C  O
U  X  Z  L  S  T  K  L  I  Y  J  L  X  R  A  F
P  U  B  J  L  E  S  N  E  R  B  K  C  O  Y  H
C  K  Q  Ø  O  R  M  N  F  J  H  C  V  I  C  S
X  G  Y  K  B  I  V  E  O  X  L  B  V  P  B  A
```

BATTERI	HYDROGEN
KARBON	INDUSTRI
DIESEL	MOTOR
ELEKTRISK	NUKLEÆR
ELEKTRON	FOTON
ENTROPI	FORURENSING
MILJØ	FORNYBAR
BRENSEL	DAMP
BENSIN	TURBIN
VARME	VIND

9 - Archeology

```
C  X  B  D  E  K  S  P  E  R  T  L  Y  B  A  F
X  S  K  N  S  I  J  U  E  X  I  G  U  Q  M  O
D  N  R  G  I  Z  E  O  H  U  N  G  E  Y  A  S
J  O  K  M  M  O  X  A  D  P  L  L  R  Z  B  S
F  J  L  B  W  V  F  O  R  S  K  E  R  A  K  I
H  S  X  N  F  V  G  T  E  Æ  C  S  P  O  V  L
O  A  Y  V  K  M  N  A  M  P  M  Y  J  M  W  T
I  S  L  Y  O  Q  I  N  M  M  Z  L  N  I  E  B
X  I  R  H  U  D  R  P  O  U  S  A  U  T  I  T
G  L  E  M  T  N  E  K  K  I  T  N  A  E  V  N
M  I  T  O  Q  P  D  R  R  R  A  L  A  K  E
W  V  K  K  S  W  R  T  E  E  P  M  N  M  I  M
Z  I  E  P  M  Q  U  O  T  T  Y  S  E  J  L  G
K  S  J  A  L  C  V  L  T  S  F  U  N  N  E  A
H  V  B  G  M  R  U  F  E  Y  I  A  Y  N  R  R
P  V  O  U  K  J  E  N  T  M  S  M  O  U  A  F
```

ANALYSE	FOSSILT
ANTIKKEN	FRAGMENT
BEIN	MYSTERIUM
SIVILISASJON	OBJEKTER
ETTERKOMMER	RELIKVIE
ÆRA	FORSKER
VURDERING	TEAM
EKSPERT	TEMPEL
FUNN	GRAV
GLEMT	UKJENT

10 - Food #2

```
K M R Q Z V F O B R P H S L E N
A K T I P D U P O S T H E G R D
M B C U S E A V Q N R V L E I Y
O H K G X J I V C B U E L P E Q
N B R N T R S T I L H T E L Q P
L D K I R S E B Æ R G E R N Z H
G V F L C W D P C E O N I L C L
W E C L V Q A P G P Y S M T F F
U C S Y D I L O K K O R B Z N Y
K S D K Y B O S J K K F I S K B
F I N R T C K U Y E K N I K S A
M H W I O R O N B G H E V J L N
N J S I M Y J A R G D R U E U A
M W J O A T S V S H T J J Z T N
K N J P T A R T I S J O K K M T
A U B E R G I N E T I C Q F N O
```

EPLE AUBERGINE

ARTISJOKK FISK

BANAN DRUE

BROKKOLI SKINKE

SELLERI KIWI

OST SOPP

KIRSEBÆR RIS

KYLLING TOMAT

SJOKOLADE HVETE

EGG YOGHURT

11 - Chemistry

```
I  T  E  M  P  E  R  A  T  U  R  D  M  N  N  K
O  K  K  Y  A  T  O  M  P  R  F  M  W  U  P  L
N  P  S  Z  V  E  K  T  O  C  J  N  S  K  H  O
K  T  Æ  N  E  K  V  P  N  H  V  V  X  L  Z  R
E  V  V  E  E  K  F  A  N  O  R  T  K  E  L  E
H  Y  D  R  O  G  E  N  R  E  M  P  Z  Æ  N  G
O  K  A  R  B  O  N  E  O  M  M  D  R  R  R  K
G  R  B  E  U  F  G  G  T  L  E  N  J  Z  F  V
Z  X  G  X  V  D  L  Y  A  T  Y  T  M  T  K  H
K  F  I  A  B  Y  O  S  S  F  X  M  K  S  H  Z
I  P  J  D  N  Y  C  K  Y  L  F  I  N  A  K  R
C  U  Q  P  F  I  M  O  L  E  K  Y  L  L  Z  I
S  I  M  S  J  H  S  S  A  G  R  O  W  T  C  W
M  L  Y  R  E  N  P  K  T  M  P  Y  M  A  H  R
P  B  D  B  R  K  Y  M  A  M  N  Z  S  X  J  Q
U  W  K  T  M  N  L  Y  K  S  I  L  A  K  L  A
```

SYRE	HYDROGEN
ALKALISK	ION
ATOM	VÆSKE
KARBON	MOLEKYL
KATALYSATOR	NUKLEÆR
KLOR	ORGANISK
ELEKTRON	OKSYGEN
ENZYM	SALT
GASS	TEMPERATUR
VARME	VEKT

12 - Music

```
U  L  K  A  L  J  Q  Y  T  L  Z  U  Q  P  G  I
R  L  Y  R  I  S  K  I  N  T  F  F  B  M  B  N
Q  G  Z  I  U  E  K  S  O  H  A  Q  W  I  Z  N
M  T  C  Z  K  O  N  W  F  A  K  C  B  B  C  S
H  E  A  Y  Y  H  W  V  O  L  B  L  I  L  A  P
T  A  R  O  A  P  K  M  R  E  K  I  S  U  M  I
D  Q  R  A  N  L  F  S  K  F  M  H  X  N  Q  L
X  K  O  M  D  Y  K  S  I  S  S  A  L  K  N  L
S  R  K  P  O  K  S  I  M  T  Y  R  E  A  H  I
Y  I  U  B  E  N  G  L  Y  R  E  M  T  Y  R  N
N  B  M  D  M  R  I  A  X  I  D  O  L  E  M  G
G  A  L  B  U  M  A  S  G  I  A  N  P  G  V  B
E  V  O  K  A  L  V  E  K  X  L  I  O  C  C  Y
E  K  L  E  K  T  I  S  K  O  L  K  T  E  U  W
S  A  N  G  E  R  D  W  Y  I  A  U  V  F  U  J
M  U  S  I  K  A  L  S  K  V  B  X  W  G  T  Y
```

ALBUM
BALLADE
KOR
KLASSISK
EKLEKTISK
HARMONISK
HARMONI
LYRISK
MELODI
MIKROFON

MUSIKALSK
MUSIKER
OPERA
POETISK
INNSPILLING
RYTME
RYTMISK
SYNGE
SANGER
VOKAL

13 - Family

```
O  C  G  M  W  B  B  E  S  T  E  M  O  R  B  T
K  N  C  U  I  E  A  K  Y  M  B  I  H  S  E  A
O  C  K  G  J  O  M  R  M  U  A  Z  M  H  S  N
N  Z  E  E  I  O  P  O  N  W  R  B  X  N  T  T
E  B  X  J  L  L  Q  M  L  E  N  L  C  I  E  E
B  D  C  X  F  A  R  O  R  B  B  B  L  E  F  S
H  D  Q  L  U  S  A  E  D  N  H  A  O  S  A  T
E  W  Z  P  U  D  F  R  D  N  V  D  R  E  R  I
V  N  N  F  X  F  M  S  A  A  U  A  E  N  E  Y
C  L  X  R  O  Q  A  B  C  M  F  I  T  N  T  V
E  B  B  B  B  X  T  Ø  V  E  N  Z  S  A  T  Y
U  V  H  G  T  I  S  C  O  T  I  A  Ø  H  A  U
F  E  T  T  E  R  R  O  M  K  W  P  S  A  D  Q
A  L  U  X  G  J  O  W  V  E  O  Z  C  Z  L  T
U  V  K  T  V  D  M  P  B  A  R  N  D  O  M  S
F  Z  I  T  X  R  D  G  O  N  B  A  X  N  T  Y
```

STAMFAR	BESTEMOR
TANTE	EKTEMANN
BROR	MORS
BARN	MOR
BARNDOM	NEVØ
FETTER	NIESE
DATTER	FADERLIG
FAR	SØSTER
BARNEBARN	ONKEL
BESTEFAR	KONE

14 - Farm #1

```
V P K Z K J P N S I V N V N Z V
I L S N Z D U C T V N P K Z Z U
E K J P P C C H Ø Y K O Y V R N
V Y O N V V M C R V O R I B F Y
Y X G G W P F E F G V I Å F L Q
L Q E I B G Q S U K G K M K R A
A V I Q B B N S K U D X T O E D
N G T H O N N I N G N I L L Y K
D P L M Y Y A Y I J B K F U D P
B G E K A L V Q P V G A F E U S
R R F G G E Y H Z D Y T B E H X
U H N N J S R K H F O T X C C M
K F E O Q E C L U S M Y C N D D
D U Q S I R R X N G J Ø D S E L
Q A N I T Q L D D W A N M F W Z
J U R B H N Z H E W F V V X B B
```

LANDBRUK
BIE
BISON
KALV
KATT
KYLLING
KU
KRÅKE
HUND
ESEL

GJERDE
GJØDSEL
FELT
GEIT
HØY
HONNING
HEST
RIS
FRØ
VANN

15 - Camping

```
S  D  M  Å  N  E  F  E  V  E  N  T  Y  R  K  L
H  V  Y  Y  P  M  J  S  P  H  H  K  I  U  A  T
V  S  O  R  O  M  E  A  T  A  Y  A  N  T  S  R
H  Y  T  T  E  C  L  M  C  T  R  J  S  A  W  A
K  M  I  S  V  E  L  M  D  T  N  W  E  N  D  K
G  O  B  N  E  N  C  H  D  L  W  H  K  B  A  N
H  N  M  K  N  W  E  F  G  E  R  T  T  A  P  N
M  A  S  P  N  S  R  Æ  R  T  U  K  P  Z  D  Y
X  K  F  Y  A  K  J  H  P  B  Q  N  A  M  J  F
R  L  Y  H  R  S  V  Ø  A  B  T  X  Q  D  T  M
X  J  H  R  B  E  S  A  W  Y  T  J  L  A  D  Q
Z  S  T  K  O  D  J  Y  Z  X  S  I  Z  Y  O  A
O  M  W  V  G  Q  N  Z  Y  C  Y  U  N  Y  V  H
B  I  U  S  Y  Y  J  S  D  T  Q  S  Q  K  T  I
T  K  T  N  A  P  H  T  V  V  C  H  O  K  R  T
S  K  O  G  O  K  H  E  N  G  E  K  Ø  Y  E  R
```

EVENTYR	JAKT
DYR	INSEKT
HYTTE	INNSJØ
KANO	KART
KOMPASS	MÅNE
BRANN	FJELL
SKOG	NATUR
MORO	TAU
HENGEKØYE	TELT
HATT	TRÆR

16 - Algebra

```
G V A R I A B E L J V U D P L U
W A T I K Y G J U C D L I A I E
F N O J S K A R T B U S A R G N
V O R T F A L S K I H A G E N D
E J R E M M U N B J N Y R N I E
L S F M A D D I S J O N A T N L
I I O S E S I R T A M B M E G I
N V R V C L U M N S E R N S I G
E I E E A N D C E Y L Ø U Y N X
Æ D N L Ø S N I N G B K L D Q Q
R G K H J J Z J O B O D L U D N
O S L H Z F V S P Z R E Y T I E
T L E K D M L E S C P L P T I O
K Y Z W N U G P K Z L Y F Y R Q
A S L B C G T G E O B J G M D M
F F R G G C Q B A L J Y S D I D
```

ADDISJON	LINEÆR
DIAGRAM	MATRISE
DIVISJON	NUMMER
LIGNING	PARENTES
EKSPONENT	PROBLEM
FAKTOR	FORENKLE
FALSK	LØSNING
FORMEL	SUBTRAKSJON
BRØKDEL	VARIABEL
UENDELIG	NULL

17 - Numbers

```
U A I K T O P Z X K W Q T R B Z
B T D I P N Z T X X Z E K J L D
B T N G G F N W U Q Z B Z V U N
A E D F E C Y X J B W P L R Q E
Y N E T R O J F E I X L B G E T
B S H Q P T W Z L E L R J T G T
T R E M O F E M W C U U S A G Y
T N E T T E R T U I H I Y D U S
K E K C J J I N T Q A U V N D X
Y T A J B E F E B Å J R Z G X G
Z T B E C H O T U Y Q G X I F V
A I T E N L A M I S E D P D C W
F N O O Y X W E F K G S R O B F
N I B M L T F F S E K S T E N F
S A L B K V G I B S T A B R Z B
G P B I U E B T V P I V Y D W X
```

DESIMAL	SYV
ÅTTE	SYTTEN
ATTEN	SEKS
FEMTEN	SEKSTEN
FEM	TI
FIRE	TRETTEN
FJORTEN	TRE
NI	TOLV
NITTEN	TJUE
EN	TO

18 - Spices

```
B V C K L J I W U Z A K L I Q P
Y E L K M Z T M Z O W A R R V A
P W L I S S A F R A N N B J P P
N Y C V K P L H A H U E B M H R
E Y M D A J I R R A K L K M S I
N C D T R E P S Z M U S K A T K
B L J P D D E F S Q W N D H Ø A
G K Ø G E F Q L H K T Y V K S B
Z O E K M E P A R Y U T G C Z I
S R I B O N M I W P D M N O R N
M I Y I M N L A K R I S M M I G
A A S T M I B N X I Z G I E Y E
K N A T E K V A N I L J E N N F
R D L E S E K H G M I F L P A Æ
H E T R U L H V I T L Ø K F I R
F R P I C Q P Z U T U C G J D W
```

ANIS	HVITLØK
BITTER	INGEFÆR
KARDEMOMME	LAKRIS
KANEL	MUSKAT
FEDD	LØK
KORIANDER	PAPRIKA
SPISSKUMMEN	SAFRAN
KARRI	SALT
FENNIKEL	SØT
SMAK	VANILJE

19 - Universe

```
P  S  D  V  E  R  Æ  F  S  O  M  T  A  F  T  N
Z  O  F  D  L  O  B  H  Y  M  Ø  R  K  E  X  E
K  L  C  B  U  Q  N  N  N  H  A  D  V  J  D  S
L  V  G  X  K  I  O  K  L  S  Y  T  V  T  T  T
B  E  D  C  V  Q  D  V  I  R  H  Q  O  S  N  E
A  R  G  R  L  T  P  L  G  F  F  Q  W  Q  O  R
N  V  C  G  A  X  D  K  Y  K  O  S  M  I  S  K
E  T  Q  A  H  J  A  S  T  R  O  N  O  M  I  E
D  E  A  L  O  W  R  L  C  D  W  Q  N  O  R  R
I  L  S  A  Z  L  G  E  N  Å  M  S  U  G  O  Y
O  E  T  X  W  Q  E  M  M  S  K  P  O  K  H  D
R  S  R  Y  Z  C  D  M  Z  J  J  T  R  L  Z  W
E  K  O  T  M  Y  D  I  M  F  R  A  O  H  A  H
T  O  N  C  P  O  E  H  O  I  A  U  I  F  E  R
S  P  O  F  U  S  R  R  Y  Z  H  Y  Q  L  Q  X
A  E  M  V  T  A  B  Q  C  G  T  I  Z  W  I  Y
```

ASTEROIDE	HORISONT
ASTRONOM	BREDDEGRAD
ASTRONOMI	MÅNE
ATMOSFÆRE	BANE
HIMMELSK	HIMMEL
KOSMISK	SOLAR
MØRKE	SOLVERV
EON	TELESKOP
GALAXY	SYNLIG
HALVKULE	DYREKRETSEN

20 - Mammals

```
G R X D U V I H P F P A A C K T
U G G D C O R O G L H O M U A S
V P W P Z Y B N I N P C L X N E
J J R A K U P J E M P A N Z I H
X H B O K M A A Ø X Z I P P N G
P R Æ R I E U L V R C N E E I O
S J I R A F F S L E N I N V F R
K V Q N Z L O E C V R E V Ø L I
G S U G T Q K B A E L F N L E L
K P B R P K S R E B L U W Y D L
L T U B S B E A K X C E T S N A
S A R B O M L Y K I U H X P U Q
Z O K A E L E F A N T V W C H N
K E N G U R U T A I T A L X V U
A W U G M D U B W B A L P Z A V
U D N Y N B O N Q C K C Y V H A
```

BJØRN	GORILLA
BEVER	HEST
OKSE	KENGURU
KATT	LØVE
PRÆRIEULV	APE
HUND	KANIN
DELFIN	SAU
ELEFANT	HVAL
REV	ULV
SJIRAFF	SEBRA

21 - Bees

```
B H G B D L O F G N A M D K Q T
G A A U L R Ø K O S Y S T E M G
L G T W N O O H O L N P J P V R
X E G A N S M N H O N N I N G Ø
N V S T X S T S N S C Y R E P Y
A Y O K B O K I T I L Z U L L K
A B E U O W E V G E N L P L A B
S V E R M V S L N B R G O O N B
S Y R F M N N N P U I X L P T P
E Q T J F V I K V K J K L L E B
Y S S V E P G V I D X I U R Z
Q I M X V T A T I B A H N S P M
G H O V O K S K R Y Y G A T Y T
H Q L I W O Y W B T I M T K Z Z
N G B R Z Z R C X L R A O U C V
U I P G Y E S T A K L T R Z I M
```

GUNSTIG

BLOMSTRE

MANGFOLD

ØKOSYSTEM

BLOMSTER

MAT

FRUKT

HAGE

HABITAT

BIKUBE

HONNING

INSEKT

PLANTER

POLLEN

POLLINATOR

DRONNING

RØYK

SOL

SVERM

VOKS

22 - Adventure

```
E Y U T F O R D R I N G E R F S
Y N U T F L U K T O N X O D A K
J Z T E H G I L E K S N A V R J
G T L U Z A P T N O S Y U Y L Ø
L L Z L S C T H B N N D J E I N
E S T E T I V I T K A Z G S G N
D B U V W N A I L C B T A L O H
E H O C N O J S A N I T S E D E
M U L I G H E T M I T I P D U T
S I K K E R H E T E X F R E V Q
T T J E Q E T U R E S I E R A G
O V E R R A S K E N D E N E N N
F F Q N K X R N F S S H N B L A
F E N M S E G A A Z T E E R I T
G B E A Y Y B K E J I M V O G U
N A V I G A S J O N S E B F K R
```

AKTIVITET	REISERUTE
SKJØNNHET	GLEDE
UTFORDRINGER	NATUR
SJANSE	NAVIGASJON
FARLIG	NY
DESTINASJON	MULIGHET
VANSKELIGHET	FORBEREDELSE
ENTUSIASME	SIKKERHET
UTFLUKT	OVERRASKENDE
VENNER	UVANLIG

23 - Restaurant #2

```
D M S W V L O T S W G C L V C E
Y E I H K E K M L R Z W R F C G
M J I D L F I D U N T C A A H G
U K K L D F S S N Z G G F U S W
Y S P R I A Y I S K E L N E R M
H K G F G G G L J X T K U R F J
G R Ø N N S A K E R A A G E U X
N R J X I C F B D U L K X D T B
Q U Q E G H U Z Q Y A E S D G T
F F D E L K R K T V S J A Y S L
I S D L V K V Z B Y F O L R U P
S U N N E I A N N D U E T K E G
K P A R Q R N T K O M Z F V F G
F P I S K D N N O C U B V C I H
A E O E Y T B Q Q U J T U R T C
N Q W D I X J C Y M V K W H U Q
```

DRIKK   LUNSJ
KAKE   NUDLER
STOL   SALAT
DEILIG   SALT
MIDDAG   SUPPE
EGG   KRYDDER
FISK   SKJE
GAFFEL   GRØNNSAKER
FRUKT   KELNER
IS   VANN

24 - Geology

```
H T K K A L S I U M K Q C E V V
G X E O G L O J I X G K R R U W
N T J C R T U V V G S G Y O L A
I R K R D A U T L C K M S S K Y
O A O Y K L L D R C Z K T J A P
W S N I E T S L E R Y S A O N I
Q Y T T I T K A L A T S L N T L
G K I G F N X B A U K Q H V C E
E L N M C O N Y R J V J X T C K
Y U E L U H S C E L A C L B D B
S S N S A L T S N A R I L A N O
I E T P L A Å I G T I P S V R
R R I B C P N D M L S Z C Y S A
J O R D S K J E L V T Q N C X T
M D T A F A N V B G A L C I H I
X O Y C V D H D S M Y R B Y I R
```

SYRE	GEYSIR
KALSIUM	LAVA
HULE	LAG
KONTINENT	MINERALER
KORALL	PLATÅ
CRYSTAL	KVARTS
SYKLUSER	SALT
JORDSKJELV	STALAKTITT
EROSJON	STEIN
FOSSILT	VULKAN

25 - House

```
K  E  T  O  I  L  B  I  B  A  D  Q  G  Y  Q  G
L  J  X  R  I  B  K  S  G  V  U  F  A  E  O  A
M  O  Ø  H  D  P  A  E  B  Q  S  L  R  N  B  V
Ø  M  F  K  T  F  O  L  J  Q  J  K  A  A  R  S
B  K  R  T  K  G  K  U  A  K  T  I  S  J  M  J
L  G  O  L  I  E  P  S  G  M  O  R  J  G  G  E
E  G  U  L  V  G  N  D  J  E  P  W  E  E  A  C
R  P  E  I  S  A  C  Ø  Q  S  R  E  K  O  S  T
Y  L  D  P  S  H  V  R  E  L  K  Ø  N  C  H  R
T  X  R  Z  R  F  J  E  H  S  N  N  Q  G  E  P
N  L  E  C  Y  H  P  N  A  V  V  E  G  G  I  E
E  F  J  C  D  H  U  I  L  V  E  Z  M  D  C  P
F  E  G  U  R  Q  U  D  N  I  V  X  W  V  E  D
M  B  M  N  U  V  G  R  X  J  U  C  A  D  W  T
L  U  B  V  C  A  Q  A  N  X  E  M  F  S  M  C
T  A  K  E  A  G  U  G  C  J  R  C  R  K  S  G
```

LOFT   NØKLER
KOST   KJØKKEN
GARDINER   LAMPE
DØR   BIBLIOTEK
GJERDE   SPEIL
PEIS   TAK
GULV   ROM
MØBLER   DUSJ
GARASJE   VEGG
HAGE   VINDU

26 - Physics

```
A N V M I L M Z D V N Y E D U N
P K U M E S L E D I V T U O N O
A S S K N O R T K E L E K F I L
R I S E L V V C Q A R H U J V M
T M A M L E M R O F N G I H E O
I E G S Y E Æ U T B N I H B R L
K J B I T S R R G L K T K W S E
K K W T Y S O A K M T S C K E K
E A A E T A T A S H D A D T L Y
L H N N E M O T N J K H A M L L
Q G Y G H J M O E K O P L O S V
X F K A T L L M V W F N V E G S
P H J M T I W P K C W V W G L N
E K S P E R I M E N T C W J C Z
L E F S T K T G R R Q Q T Q E Q
F O S X A B K A F N O G V H W B
```

AKSELERASJON
ATOM
KAOS
KJEMISK
TETTHET
ELEKTRON
MOTOR
UTVIDELSE
EKSPERIMENT
FORMEL

FREKVENS
GASS
MAGNETISME
MASSE
MEKANIKK
MOLEKYL
NUKLÆR
PARTIKKEL
UNIVERSELL
HASTIGHET

27 - Dance

```
K K I S U M U J K S W E H P G R
Z R W E R U T L U K A I Q I T Y
P R O R C C T L G T M Y V Q T
A T Y P E N R E T W R B B I W M
K N P R P T Y U U U A E G O Z E
A S H J F H K S R H D V T F E R
D D O P M T K I E F I E D J D R
E L P B X C S V L Q S G Z X Å N
M C P W G Y F N L W J E Y J N G
I K E P X H U X U H O L B X N T
K S I S S A L K C K N S L P X K
N G N I N D L O H F E E E U B S
K O R E O G R A F I L Y X H K V
F Ø L E L S E D F K L B I U B T
M Z G L E D E L I G N I V Ø B K
X V A A X J B C K N X K E J T I
```

AKADEMI	GLEDELIG
KUNST	HOPPE
KROPP	BEVEGELSE
KOREOGRAFI	MUSIKK
KLASSISK	SAMBOER
KULTURELL	HOLDNING
KULTUR	ØVING
FØLELSE	RYTME
UTTRYKKSFULL	TRADISJONELL
NÅDE	VISUELL

28 - Shapes

```
K H W H G D Y Q A A D R U S T T
H U D T F Q M S E K D E I Q Q K
Y D R R K E H Z W M E T G T L O
P P I V T T O H J Ø R N E D I S
E R D J E R Æ F S O V A L I P Y
R T L E G N A T K E R K E N M T
B O J D R O R H N B J D K O B R
O U P I O E F W P U C N R G L E
L T S M T L L Y P K O D I Y C K
A S Y A E G K L W Y B P S L K A
X E L R F E M S I R P Z Z O J N
I M I Y Y J O A S P W Z W P S T
I G N P V K X O M W S I F K I S
L H D B O B U E V F Q E I W A N
H H E Y W L B W C L C D Q R H R
N L R E H N Q L S B N K P N N T
```

BUE	LINJE
SIRKEL	OVAL
KJEGLE	POLYGON
HJØRNE	PRISME
KUBE	PYRAMIDE
KURVE	REKTANGEL
SYLINDER	SIDE
KANTER	SFÆRE
ELLIPSE	TORGET
HYPERBOLA	TREKANT

29 - Scientific Disciplines

```
G  I  I  I  V  S  A  D  T  X  T  J  B  Q  P  K
L  E  G  G  M  B  O  O  Y  G  R  W  P  C  S  I
I  R  O  O  I  B  I  S  Q  C  H  Q  G  H  Y  N
N  Z  L  L  G  S  Q  O  I  M  E  J  K  U  K  E
G  A  O  O  O  V  T  C  K  O  C  O  E  F  O  S
V  N  E  R  L  G  H  U  K  J  L  M  Z  Q  L  I
I  A  K  V  O  I  I  S  I  E  E  O  G  O  O  O
S  T  R  E  I  C  I  N  D  I  M  G  I  G  L
T  O  A  N  S  W  P  X  A  B  I  T  I  I  I  O
I  M  L  W  Y  D  Z  X  T  B  V  R  F  B  C  G
K  I  N  Y  F  H  I  M  O  N  O  R  T  S  A  I
K  Z  O  O  L  O  G  I  B  I  U  W  T  Z  B  A
T  E  R  M  O  D  Y  N  A  M  I  K  K  J  O  R
D  E  K  Z  M  Z  Y  D  B  I  O  L  O  G  I  R
M  I  N  E  R  A  L  O  G  I  G  O  L  O  K  Ø
N  I  M  E  K  A  N  I  K  K  P  R  Z  E  Q  A
```

ANATOMI	LINGVISTIKK
ARKEOLOGI	MEKANIKK
ASTRONOMI	MINERALOGI
BIOKJEMI	NEVROLOGI
BIOLOGI	FYSIOLOGI
BOTANIKK	PSYKOLOGI
KJEMI	SOSIOLOGI
ØKOLOGI	TERMODYNAMIKK
GEOLOGI	ZOOLOGI
KINESIOLOGI	

30 - Science

```
K E C J H P G F F P Z V H F M T
G S M O T A G O P Y T M R Y E Y
F E I T X Z M S L K S U E Q T N
O T N M P I O S A I U I L U O G
R O E Q E E F I N W R R K I D D
S P R K J J D L T D Q O I K E E
K Y A Z L N K T E N Y T T Q M K
E H L Q J I I U R C Z A R T S R
R X E E H N M C F M X R A T I A
T P R F L A T A D R U O P S N F
D V C L S T P C Z S Z B C A A T
H P S N M U T K A F H A Y J G M
G D E S H R E L Y K E L O M R F
E K S P E R I M E N T G J L O J
O N T M M W D L N U B C X M P M
R J D Z T Y B E V O L U S J O N
```

ATOM
KJEMISK
KLIMA
DATA
EVOLUSJON
EKSPERIMENT
FAKTUM
FOSSILT
TYNGDEKRAFT
HYPOTESE

LABORATORIUM
METODE
MINERALER
MOLEKYLER
NATUR
ORGANISME
PARTIKLER
FYSIKK
PLANTER
FORSKER

31 - Beauty

```
D A G Z L F S P E I L P M H X M
F A R G E O Z O K T K G T E D N
Z W I J D T M E U B C C L Z K G
W R E T Å O N S K A S M A P R J
C L L X N G D M R A J S X Q Ø X
K P E P N E I I M H T C S Q L L
B R G S R N L N E A L B W M L T
L W A K J O R K E V S F T O E S
P C N M G P D E Y L X C N X R T
H H S P O X U U T F U D A E U Y
L F E J V A H W K S C D G R F L
J S J A M P O M T T E M E S A I
L E P P E S T I F T E N L Z M S
K O S M E T I K K H S R E E L T
P O L J E R M T U W P U V J H W
N O U P V F G R B P W U J S T S
```

SJARM
FARGE
KOSMETIKK
KRØLLER
ELEGANSE
ELEGANT
DUFT
NÅDE
LEPPESTIFT
SMINKE

MASCARA
SPEIL
OLJER
FOTOGEN
PRODUKTER
SAKS
TJENESTER
SJAMPO
HUD
STYLIST

32 - Clothes

```
H  W  J  P  S  D  M  M  N  N  F  X  D  M  F  F
A  N  E  Y  Y  N  S  M  Y  K  K  E  R  O  O  R
T  Z  A  T  U  J  B  C  S  O  T  J  C  T  R  A
T  Q  N  P  L  J  A  C  F  F  E  R  W  E  K  K
M  C  S  P  R  E  S  M  Q  R  Q  E  Ø  W  L  K
J  A  K  K  E  S  B  Y  A  E  L  L  A  J  E  K
A  Q  W  K  J  K  R  E  K  S  N  A  H  S  K  O
R  G  Q  E  S  U  L  B  T  N  T  D  C  A  U  S
M  S  C  T  K  B  I  E  O  E  K  N  O  J  V  F
B  L  M  A  J  N  J  T  Q  G  O  A  G  Z  B  U
Å  G  X  C  O  A  Y  U  D  T  U  S  C  H  J  E
N  H  U  F  R  E  J  K  S  L  C  J  X  C  Q  M
D  P  J  U  T  L  K  K  W  E  D  F  Y  Q  H  B
C  Z  O  E  E  O  W  M  K  Q  N  J  C  I  P  N
C  H  L  A  G  J  Q  I  S  H  M  J  B  D  Q  E
B  B  X  O  J  K  D  B  D  S  X  W  Y  G  Z  W
```

FORKLE	JEANS
BELTE	SMYKKER
BLUSE	PYJAMAS
ARMBÅND	BUKSE
FRAKK	SANDALER
KJOLE	SKJERF
MOTE	SKJORTE
HANSKER	SKO
HATT	SKJØRT
JAKKE	GENSER

33 - Astronomy

```
M U I R O T A V R E S B O L Y S
F A M M X H X V R Q M Å N E Y A
O S D I E L Y F Q U D O T T X X
R T P H X T A T T I L L E T A S
M E L E A T E K S N E M U S L W
Ø R A T C W C O L O M E C J A X
R O N T T E K A R X M N E O G K
K I E W G A Z U S R I S Q R G R
E D T D Y V Z A V T H Z O D S G
L E T X N O Q Q B R R D A K G N
S Q N C M N H V U B R O X F C I
E S T J E R N E T Å K E N C B L
K O N S T E L L A S J O N A E Å
X P K V I P E Y M K I N D U R
N N D X X U P S H V I A L E N T
O A W Y L S A S T R O N O M O S
```

ASTEROIDE
ASTRONAUT
ASTRONOM
KONSTELLASJON
KOSMOS
JORD
FORMØRKELSE
EQUINOX
GALAXY
METEOR

MÅNE
STJERNETÅKE
OBSERVATORIUM
PLANET
STRÅLING
RAKETT
SATELLITT
HIMMEL
SUPERNOVA

34 - Health and Wellness #2

```
M N Y X S S E R T S F S K X I T
V V D J H U C R R B K N A D N Q
J L Q H M P O Ø N X T K L H F E
B K E E R P Y M O Æ C B O D E A
L Y K N N Z A U E E R C R O K N
O K Y E W E Y H U D O I I W S A
D R M I E J R V T K E V N E J T
T A T G A S F G T S M R K G O O
D L J Y T A Y N I U O I K N N M
S L Y H P S Z F T N D X I I H I
Y E T I H S V A E N K I T M E D
K R N P O A U P P G Y R E A K D
E G P U Z M X G P J S O N T H L
H I C H Q A G F A I K Z E I T V
U K O A K X D E I Y A U G V R Z
S K P D E H Y D R E R I N G W E
```

ALLERGI	SUNN
ANATOMI	SYKEHUS
APPETITT	HYGIENE
BLOD	INFEKSJON
KALORI	MASSASJE
DEHYDRERING	HUMØR
DIETT	ERNÆRING
SYKDOM	STRESS
ENERGI	VITAMIN
GENETIKK	VEKT

35 - Disease

```
L Y J B O L U H C N J V F A N Y
L U H E L S E T W K V F G R E L
J T F J U R S M L U N G E T V S
O J I T B A K T E R I E L L R G
X Q U X V Z R L Z K C I W D O J
L F L S T E T I N U M M I B P L
B E I N K S I N O R K I N E A I
K Q E L Y W K E K R O P P T T L
S M I T T S O M N B T A K E I U
I B G L R Q G I L E V R A N E M
T B R E E E T M M L W E V N J B
E O E U Q B J J Z J L T S E H A
N X L V I J M H A C X X X L U R
E S L P A T O G E N E R M S G N
G X A S Y N D R O M M M S E D P
N X B S R I U I E I Q R V U O K
```

ALLERGI
BAKTERIELL
KROPP
BEIN
KRONISK
SMITTSOM
GENETISK
HELSE
HJERTE
ARVELIG

IMMUNITET
BETENNELSE
LUMBAR
NEVROPATI
PATOGENER
LUNGE
LUFTVEIENE
SYNDROM
TERAPI
SVAK

36 - Time

```
N E R M H D T C Q C C Q R W U P
O E T G C E M E F Z T U Y E U U
U T D P M R S C E B U Q Q J W G
F O A L O Å M I D D A G S T I D
R I G B D G N I N S I I X E O D
E R D N Å N E E P R B L D D F T
M P L A P A G U D H W R Å R Ø B
T N N D G T R Å I T C Å E C R H
I K I B P T O Å R H U N D R E L
D G S V S N M D O C T I D L I G
S G R E M R M N W G X A R O O V
N J G T T U N I M Z D M Z M P W
A V Q O I J R J G Z M V C U Z V
R E J X X M D B E L X Z B K N G
T I G A G R E D N E L A K E P T
T E T F S S D K L O K K E L D T
```

ÅRLIG	MINUTT
FØR	MÅNED
KALENDER	MORGEN
ÅRHUNDRE	NATT
KLOKKE	MIDDAGSTID
DAG	NÅ
TIÅR	SNART
TIDLIG	I DAG
FREMTID	UKE
TIME	ÅR

37 - Buildings

```
S  S  Z  V  N  S  B  U  R  B  T  S  T  U  H  I
K  Q  T  H  J  R  Z  E  Y  B  R  E  L  Y  S  E
O  I  Z  A  E  M  U  E  S  U  M  G  A  O  Y  N
L  E  Q  K  D  U  A  O  U  L  N  R  Å  T  T  F
E  V  Å  L  A  I  H  U  P  A  T  E  F  V  E  T
N  Z  T  L  S  R  O  Z  E  B  E  B  A  J  H  R
H  J  I  E  S  O  A  N  R  O  L  R  B  C  G  W
Y  G  P  T  A  T  S  P  M  R  T  E  R  O  I  X
T  P  A  O  B  A  Y  X  A  A  T  H  I  L  L  I
T  R  U  H  M  V  K  Z  R  T  K  H  K  C  I  B
E  H  G  M  A  R  E  A  K  O  A  C  K  F  E  M
O  O  B  K  G  E  H  K  E  R  E  Q  Z  R  L  K
X  V  I  B  O  S  U  I  D  I  B  N  I  K  Z  V
V  Q  M  S  R  B  S  N  D  U  Y  B  N  M  K  I
L  F  M  C  K  O  E  O  Z  M  F  Y  H  A  F  K
D  Y  U  N  I  V  E  R  S  I  T  E  T  O  L  L
```

LEILIGHET	LABORATORIUM
LÅVE	MUSEUM
HYTTE	OBSERVATORIUM
SLOTT	SKOLE
KINO	STADION
AMBASSADE	SUPERMARKED
FABRIKK	TELT
SYKEHUS	TEATER
HERBERGE	TÅRN
HOTELL	UNIVERSITET

38 - Philanthropy

```
B  K  U  T  F  O  R  D  R  I  N  G  E  R  G  W
E  A  Q  U  C  E  K  D  Z  N  C  D  C  P  A  M
P  D  R  A  T  E  H  G  I  D  E  D  L  E  V  F
D  K  W  N  T  O  W  I  N  N  V  E  Å  X  M  I
F  N  C  I  K  R  O  Z  O  O  G  B  M  P  I  N
X  O  O  F  F  E  N  T  L  I  G  K  J  T  L  A
C  J  L  H  Z  N  M  S  G  V  N  X  N  E  D  N
K  S  X  K  D  R  E  I  R  O  T  S  I  H  H  S
X  I  F  E  R  E  N  O  D  Q  Y  X  M  E  E  K
R  M  I  T  H  T  Y  L  N  L  L  J  F  K  T  Y
E  U  T  K  X  K  U  B  G  W  E  F  J  S  T  O
P  R  O  G  R  A  M  M  E  R  Q  R  E  E  R  O
P  N  J  G  J  T  E  H  G  I  L  R  Æ  N  E  I
U  D  Q  T  E  N  N  U  F  M  A  S  R  N  N  F
R  W  B  I  A  O  U  N  G  D  O  M  T  E  G  U
G  V  U  G  U  K  K  F  W  Q  F  I  Z  M  E  R
```

UTFORDRINGER	GRUPPER
VELDEDIGHET	HISTORIE
BARN	ÆRLIGHET
SAMFUNNET	MENNESKEHET
KONTAKTER	MISJON
DONERE	TRENGE
FINANS	FOLK
MIDLER	PROGRAMMER
GAVMILDHET	OFFENTLIG
MÅL	UNGDOM

39 - Gardening

```
S  A  X  Z  J  F  C  S  N  O  S  Y  A  L  B  U
H  E  I  U  O  A  R  D  B  U  K  E  T  T  L  D
P  W  S  H  R  C  T  Ø  V  N  R  B  S  A  A  M
K  H  U  O  D  P  D  X  P  C  E  L  O  A  D  W
L  M  U  D  N  E  H  S  R  X  V  O  P  S  D  V
I  S  P  B  J  G  X  B  V  H  W  M  M  C  J  Y
M  U  Q  S  T  N  M  E  Y  D  Ø  S  O  D  U  R
A  C  I  U  O  A  J  E  A  Q  L  T  K  R  A  P
D  B  K  E  R  L  Z  Y  S  W  G  R  V  Q  O  Y
W  C  S  I  K  S  I  T  O  S  K  E  S  A  X  W
S  K  I  T  T  N  P  L  G  K  I  U  U  P  N  V
X  K  N  B  E  H  O  L  D  E  R  G  I  L  M  N
K  C  A  F  U  K  T  I  G  H  E  T  R  P  T  B
T  I  T  F  R  U  K  T  H  A  G  E  G  Y  T  B
B  L  O  M  S  T  E  R  S  P  I  S  E  L  I  G
A  F  B  C  X  F  V  A  Q  K  H  I  G  Z  H  X
```

BLOMSTRE	LØVVERK
BOTANISK	SLANGE
BUKETT	BLAD
KLIMA	FUKTIGHET
KOMPOST	FRUKTHAGE
BEHOLDER	SESONGMESSIG
SKITT	FRØ
SPISELIG	JORD
EKSOTISK	ART
BLOMSTER	VANN

40 - Herbalism

```
P  L  A  N  T  E  Y  P  H  W  D  Q  V  S  X  U
H  V  N  O  M  C  W  O  Z  S  D  B  Q  N  E  I
K  A  F  P  V  S  F  N  I  B  Y  V  N  M  F  F
C  K  G  L  E  M  G  E  V  O  Z  O  Q  N  I  G
D  U  A  E  V  R  Y  R  O  S  M  A  R  I  N  R
P  L  R  D  V  F  S  N  B  L  O  M  S  T  P  Ø
Z  I  O  N  Z  C  G  I  T  S  N  U  G  Q  R  N
S  N  M  E  M  A  A  M  L  E  G  A  B  Q  I  N
A  A  A  V  Q  B  I  K  Ø  L  T  I  V  H  F  O
F  R  T  A  P  M  O  N  A  G  E  R  O  I  E  G
R  I  I  L  B  A  S  I  L  I  K  U  M  R  N  A
A  S  S  O  B  M  R  E  E  A  A  A  R  K  N  R
N  K  K  W  T  D  E  G  A  U  M  V  W  G  I  T
I  N  G  R  E  D  I  E  N  S  S  V  Q  P  K  S
M  A  R  J  O  R  A  M  Z  A  A  C  C  Y  E  E
K  W  X  R  Q  C  M  W  G  C  K  W  W  Q  L  P
```

AROMATISK	INGREDIENS
BASILIKUM	LAVENDEL
GUNSTIG	MARJORAM
KULINARISK	MYNTE
FENNIKEL	OREGANO
SMAK	PERSILLE
BLOMST	PLANTE
HAGE	ROSMARIN
HVITLØK	SAFRAN
GRØNN	ESTRAGON

41 - Vehicles

```
Z  S  X  T  C  T  T  E  K  A  R  M  S  A  F  H
A  P  I  Å  G  A  A  N  G  T  P  O  C  D  L  E
S  K  F  B  I  C  M  X  T  O  W  T  O  E  Y  L
N  D  U  A  T  E  A  P  I  G  O  O  O  K  S  I
H  D  I  D  R  S  H  I  I  B  T  R  T  K  C  K
F  E  R  J  E  E  J  C  A  N  I  Y  E  B  R  O
Z  K  M  V  Y  O  H  T  M  G  G  L  R  U  V  P
C  X  R  B  W  P  U  B  X  E  L  V  R  S  X  T
E  T  Å  L  F  Q  A  S  R  K  I  A  O  S  Q  E
U  N  D  E  R  V  A  N  N  S  B  Å  T  G  V  R
T  D  Z  K  F  I  V  U  D  E  U  K  A  N  A  A
C  A  N  K  C  E  L  S  C  H  T  H  A  P  X  E
K  V  C  Y  L  N  B  H  E  T  S  M  R  L  P  P
P  H  E  S  N  A  L  U  B  M  A  C  T  J  A  X
Q  E  B  Y  B  M  C  G  H  L  L  B  L  V  A  N
T  A  H  X  N  T  S  J  I  U  U  Z  Q  P  K  W
```

FLY	FLÅTE
AMBULANSE	RAKETT
SYKKEL	SCOOTER
BÅT	UNDERVANNSBÅT
BUSS	TAXI
BIL	DEKK
CAMPINGVOGN	TRAKTOR
FERJE	TOG
HELIKOPTER	LASTEBIL
MOTOR	

42 - Flowers

```
K T Q C I G M L E D N E V A L T
R U X V H I A D Ø M U T B L I U
O L X B C K X R E V Ø L K L L S
N I H R L O M C D D E Z M I J E
B P T F V X O D X E B T X L E N
L A Y P M B P E G P N A A Q Z F
A N D X T S U K S I B I H N S R
D B U K E T T K Z Y O R A I N Y
P H T I W É D I K R O E Q M J D
Z Q N S P N A S F V J M E S U R
U F Y I C N R L P A A U K A E S
L N E G A J S O Z Z S L P J J Z
Y W D X X T X S J N D P M S K T
H N Y U D M A G N O L I A U D U
P Å S K E L I L J E X B Y X E W
I L S W L J H E C P A V G G Z R
```

BUKETT	LILJE
KLØVER	MAGNOLIA
PÅSKELILJE	ORKIDÉ
TUSENFRYD	PEON
LØVETANN	KRONBLAD
GARDENIA	PLUMERIA
HIBISKUS	VALMUE
SJASMIN	SOLSIKKE
LAVENDEL	TULIPAN
LILLA	

43 - Health and Wellness #1

```
R C T W D S M Z U S M M U H A B
E U L H L V Q H Ø Y D E Z O B E
X K U S F D U U H Y I Z A R A I
P Z E V Z L P G U C B E Y M K N
Z G U T R S X K D Y B R B O T C
Z D F E O I E K L E G E A N I C
A V S L A P N I N G N L K E V W
W U U V A A A N O V I K T R N U
B C R S B R V I Y M L S E L J L
M R I K Y E I L Y B D U R T U E
Y A V H B T T K Y R N M I N W S
O B N N E R V E R U A L E K B D
B F B T V W C W N D H R P C I I
G Y I B W N I S I D E M V B O B
R E F L E K S L Q X B F W V X V
S F X G C R O X E F A T E U S E
```

AKTIV	MEDISIN
BAKTERIE	MUSKLER
BEIN	NERVER
KLINIKK	APOTEK
LEGE	REFLEKS
BRUDD	AVSLAPNING
VANE	HUD
HØYDE	TERAPI
HORMONER	BEHANDLING
SULT	VIRUS

44 - Town

```
Z U M G B M K L I N I K K Y D W
W R S B D Y R E H A G E Y I T W
S A H L M Z R W H F N V V F K G
W Y K G S C J X X M Q O S X Y J
Y H J C R A B J Q G E B T H P J
S T A D I O N K A F É G E G I B
W T L E E L O K S A P O T E K B
G M E K M K E F U A K N I G O G
T U D R S I R E K A B I S A J S
N E N A B O Y A J W W K R L I B
C S A M D U I K M I L G E L S A
H U H T H P T G C R L Y V E O N
I M K K E H A I Q M E B I R U K
I W O L X R Z W K T T P N I S F
B I B L I O T E K K O V U B Q Q
F L Y P L A S S E N H V C S C T
```

FLYPLASSEN	MARKED
BAKERI	MUSEUM
BANK	APOTEK
BOKHANDEL	SKOLE
KAFÉ	STADION
KINO	BUTIKK
KLINIKK	SUPERMARKED
GALLERI	TEATER
HOTELL	UNIVERSITET
BIBLIOTEK	DYREHAGE

45 - Antarctica

```
S  I  L  H  C  S  Q  V  I  Z  N  C  W  K  R  T
D  K  W  V  I  T  J  T  K  U  B  Y  E  J  C  Z
R  L  Y  B  F  E  U  N  O  J  S  A  R  G  I  M
E  E  N  E  A  I  B  E  V  A  R  I  N  G  F  I
K  K  H  S  R  N  N  N  A  V  F  Z  U  D  D
S  P  S  S  G  E  T  I  F  U  G  L  E  R  J  Y
R  T  G  P  O  T  L  T  Y  U  K  C  V  G  D  R
O  Z  A  B  E  E  Q  N  F  I  Z  U  N  C  J  I
F  R  D  Q  G  D  V  O  J  H  B  R  C  T  W  F
M  I  L  J  Ø  R  I  K  Q  E  A  H  X  R  P  A
I  S  B  R  E  E  R  S  N  Z  K  A  Ø  Y  E  R
K  I  L  Z  V  T  L  X  J  E  F  L  P  R  S  G
M  Z  I  W  F  I  C  J  D  O  W  V  C  P  Z  O
S  Y  B  S  E  H  K  R  W  P  N  Ø  U  N  G  P
T  E  M  P  E  R  A  T  U  R  E  Y  C  O  Y  O
U  V  I  T  E  N  S  K  A  P  E  L  I  G  C  T
```

BUKT	IS
FUGLER	ØYER
SKYER	MIGRASJON
BEVARING	HALVØY
KONTINENT	FORSKER
VIK	STEINETE
MILJØ	VITENSKAPELIG
EKSPEDISJON	TEMPERATUR
GEOGRAFI	TOPOGRAFI
ISBREER	VANN

46 - Ballet

```
Y Q F G B A L L E R I N A K R T
U H N E R E S N A D Y V D O Y E
X T T S I N O P M O K R B R T K
U S T T E T I S N E T N I E M N
P N H R E N O J S K E L G O E I
W R C R Y R R Y E O X U S G U K
K S A Y R K W J D F J Q S R I K
K T M K T X K X G P G J F A D E
P I F D S Ø I S A R G V A F L X
M L F L M I R M F H K A B I W A
J U B S R T S U M U K I L B U P
N I S P Z P P S F P L J V D L T
G C P I F I Z K Z D U L Q L Y Q
O P G W K X W L A P P L A U S J
C E N Q T K T E H G I D R E F P
F W M D M Z R R E T S E K R O X
```

APPLAUS
PUBLIKUM
BALLERINA
KOREOGRAFI
KOMPONIST
DANSERE
UTTRYKKSFULL
GEST
GRASIØS
INTENSITET

LEKSJONER
MUSKLER
MUSIKK
ORKESTER
PRAKSIS
RYTME
FERDIGHET
STIL
TEKNIKK

47 - Fashion

```
A  A  J  E  R  Z  T  S  U  E  B  O  V  H  L  L
D  P  O  E  T  C  C  R  I  H  U  U  J  N  I  F
K  Y  O  U  T  X  B  D  E  H  D  O  C  W  B  K
O  K  R  E  D  N  O  L  B  N  D  A  P  S  C  S
M  F  E  T  N  K  R  A  L  U  D  O  T  R  Q  I
F  S  P  K  R  L  S  N  F  G  I  D  X  F  M  T
O  J  P  T  V  Y  G  I  L  E  M  I  R  A  Z  S
R  I  A  F  V  L  R  G  T  G  V  S  U  J  V  I
T  T  N  A  G  J  C  I  S  K  B  X  R  C  L  L
A  N  K  C  X  A  T  R  T  N  A  G  E  L  E  A
B  U  M  R  D  E  L  O  O  E  N  R  E  D  O  M
E  U  Q  I  T  U  O  B  F  L  Y  S  P  D  C  I
L  M  Ø  N  S  T  E  R  F  K  L  Æ  R  C  T  N
I  B  B  R  O  D  E  R  I  C  T  Y  L  W  R  I
T  E  K  S  T  U  R  E  G  N  I  L  Å  M  X  M
S  V  B  E  S  K  J  E  D  E  N  H  S  R  C  N
```

RIMELIG
BOUTIQUE
KNAPPER
KLÆR
KOMFORTABEL
ELEGANT
BRODERI
DYRT
STOFF
BLONDER

MÅLINGER
MINIMALISTISK
MODERNE
BESKJEDEN
ORIGINAL
MØNSTER
PRAKTISK
STIL
TEKSTUR
TREND

48 - Human Body

```
H O M L D G Q J D P F W Y Z D U
Y O X K M L A F R A R E G N I F
U K D N Å H Q A Q F E R Ø L H A
J Z O E T R E J H Z D N V M J Z
A S L E K N A M G E L T K U E T
I F B D I B K O N J U S J N R X
T T Y F S U N R A E K A H N N U
L O Z W N K J E V E S A W S E F
H X Q H A W C P J H P E X V D V
U W A L B U E P V J T C X Q Q N
D P C V C L S E G V V S S I H Y
B Z K J B M F L H O F Q Q U H X
E Y O I I O C S F P O F E T V O
I L Z K D N Q K R C S C Q L B M
N G X T D P R R R R C C P U K K
T D P W Z H A L S X J C I A J M
```

ANKEL   HJERTE
BLOD   KJEVE
HJERNE   KNE
HAKE   BEIN
ØRE   LEPPER
ALBUE   MUNN
ANSIKT   HALS
FINGER   NESE
HÅND   SKULDER
HODE   HUD

49 - Musical Instruments

```
B A N J O R K Y G T O C P M G I
M B V E Q M D T R A I C F B J U
A M A F L Ø Y T E M G K Y I D G
X I A E G L L E K B J O S L N C
G R C M P T B P K U W N N N O W
E A E E H H L M I R N A X G J M
L M L P M J N O T I L I G E S A
T J L W R C M R S N W P Y C U N
S R O L O A T T E N I R A L K D
A D O H A V H G M O B O H B R O
K N A M B Y G X M M X G N Q E L
S D W N M N I L O I F A V A P I
O Q E D P E T Q R F A G O T T N
F G A S U S A H T W A F V H I L
O G P Z F P R T R O M B O N E H
N T Y X I P C M O P H V W X I Y
```

BANJO	MANDOLIN
FAGOTT	MARIMBA
CELLO	OBO
KLARINETT	PERKUSJON
TROMME	PIANO
TROMMESTIKKER	SAKSOFON
FLØYTE	TAMBURIN
GONG	TROMBONE
GITAR	TROMPET
HARPE	FIOLIN

50 - Fruit

```
K S N H M D V B T P F W C K F V
W I I N C H C A N E Æ I R I E B
A D R T M E L O N W D R Z W R R
Q S A S R K G G J K I Æ E I S I
C N T H E O P N G I F B L C K N
Q K K C U B N A U P L X P W E G
X K E L R E Æ M A I X Q E N E
O L N Z D A W R V M B A C Y S B
S F R T Y N T X A A A X J D V Æ
Q T N F A A L X C N N Z H Z Y R
R L R D K N C L O D A K O V A C
O J K R Q A K Z U V N E I N K Y
S S N C G S P A P A Y A P S V F
K O K O S N Ø T T A P R I K O S
T D C G H R D Q D X Z I P P I I
S Z D V O N S J F T Q I J Q M B
```

EPLE	KIWI
APRIKOS	SITRON
AVOKADO	MANGO
BANAN	MELON
BÆR	NEKTARIN
KIRSEBÆR	PAPAYA
KOKOSNØTT	FERSKEN
FIG	PÆRE
DRUE	ANANAS
GUAVA	BRINGEBÆR

51 - Engineering

```
D R G E Z X O J S T Y R K E Q N
I D I M E N S J O N E R U D Q O
S T T A E B T S I Y V E G B G J
T I E K S Æ V M G F R S Z Y G S
R X Z H F O J V E W K D D E K
I N I K S A M N K V A A L D M U
B P L E S E I D D I A M E T E R
U G I G R E N E V T Z J K Z A T
S M B M S S P A K E R A N P T S
J Y A P Å R J N W Y G H I M R N
O D T R Q L S L F Y N C V M T O
N J S T G N I N G E R E B O C K
A J P Z V A S S V U Q I I T V J
F R E M D R I F T S B E E O I J
K W B C N I P D V V J E M R O K
G A K S T R U K T U R A L Y Z T
```

VINKEL
AKSER
BEREGNING
KONSTRUKSJON
DYBDE
DIAGRAM
DIAMETER
DIESEL
DIMENSJONER
DISTRIBUSJON

ENERGI
SPAKER
VÆSKE
MASKIN
MÅL
MOTOR
FREMDRIFT
STABILITET
STYRKE
STRUKTUR

52 - Kitchen

```
B P W V G N K S H E L E B T U K
M R P S M C O E K O G K O W J J
M U P J O E P G W H Y N L X K Ø
U T G M J R P J D I C Z L B T L
D X O G M R E L K R O F E R F E
A M C W E N R E D D Y R K I I S
A U U A S P I S E P I N N E R K
K N I V E R M T S C F V E L K A
K R U K K E L A Ø X R O T L S P
G E D D I Z M M V C Y F S I P Y
S E R P L M Y D T S S S A R P J
K J E L E T L K N W E C A G O B
J K L C X T T E I V R E S L K F
I S F N V V D I J B O I Y Y N H
Z D A V B F T A U H V V B M S Y
M Z G Z C K V H P Z A X A G Z X
```

FORKLE
BOLLE
SPISEPINNER
KOPPER
MAT
GAFLER
FRYSER
GRILLE
KRUKKE
MUGGE

KJELE
KNIVER
ØSE
SERVIETT
OVN
OPPSKRIFT
KJØLESKAP
KRYDDER
SVAMP
SKJEER

53 - Government

```
S  T  E  H  G  I  G  N  E  H  V  A  U  V  B  S
K  A  A  V  V  P  K  H  Z  G  O  S  O  K  X  H
U  T  V  L  I  V  I  S  S  A  L  Q  Y  P  T  M
T  S  F  F  E  P  D  Z  V  L  F  L  V  F  R  O
P  M  G  I  L  S  T  T  E  R  N  O  G  R  N  N
W  F  N  R  M  G  W  F  C  T  N  V  D  I  V  U
T  N  I  T  A  R  K  O  M  E  D  L  D  H  P  M
D  O  L  P  P  U  H  Z  F  F  A  I  I  E  D  E
I  D  L  U  U  N  O  J  S  A  N  G  S  T  Z  N
S  D  I  F  F  N  L  O  B  M  Y  S  T  E  N  T
K  J  T  V  K  L  C  E  N  K  T  D  R  N  H  Z
U  A  S  J  T  O  M  M  D  R  T  W  I  Y  G  Y
S  J  E  Z  K  V  Z  D  E  E  L  O  K  H  J  P
J  J  K  K  I  T  I  L  O  P  R  P  T  V  C  H
O  W  I  F  R  E  D  E  L  I  G  M  N  R  E  I
N  T  L  R  E  T  T  F  E  R  D  I  G  H  E  T
```

SIVIL	LEDER
GRUNNLOV	LOVLIG
DEMOKRATI	FRIHET
DISKUSJON	MONUMENT
DISTRIKT	NASJON
LIKESTILLING	FREDELIG
UAVHENGIGHET	POLITIKK
RETTSLIG	TALE
RETTFERDIGHET	STAT
LOV	SYMBOL

54 - Art Supplies

```
F  G  U  P  S  B  W  G  P  A  P  I  R  P  E  A
A  R  E  M  A  K  O  E  Q  P  C  U  E  N  B  K
R  E  T  N  A  Y  L  B  P  Y  O  V  T  V  L  V
G  O  W  B  P  M  R  V  W  A  K  V  S  Y  Q  A
E  Y  L  Y  R  K  A  C  D  V  J  D  R  D  Y  R
R  I  M  J  E  R  I  E  L  O  T  S  Ø  O  F  E
F  R  Æ  L  E  K  S  I  V  P  H  G  B  M  V  L
I  K  E  T  D  N  X  P  L  L  U  K  O  W  V  L
V  A  N  N  I  C  B  V  O  E  B  D  G  Z  I  E
V  I  A  E  L  N  D  B  W  U  F  L  B  T  B  R
K  R  E  A  T  I  V  I  T  E  T  F  E  S  O  X
A  U  L  O  Q  L  Y  K  S  N  S  R  A  K  I  A
T  E  G  N  C  V  I  Z  B  R  Q  F  B  T  K  X
M  A  L  I  N  G  F  K  O  Q  H  B  W  C  S  O
I  U  U  C  C  D  P  W  R  B  C  J  K  S  Z  B
L  R  O  P  P  S  J  K  D  P  U  T  E  O  C  A
```

AKRYL	LIM
BØRSTER	IDEER
KAMERA	BLEKK
STOL	OLJE
KULL	MALING
LEIRE	PAPIR
FARGER	BLYANTER
KREATIVITET	BORD
STAFFELI	VANN
VISKELÆR	AKVARELLER

55 - Science Fiction

```
B  S  O  P  O  Q  Y  U  A  N  F  I  V  E  C  O
F  R  I  B  H  R  X  P  L  O  B  L  E  I  W  K
A  T  A  T  V  L  A  R  Z  J  Ø  L  R  E  B  Y
N  N  F  N  I  D  L  K  M  S  K  U  D  B  V  H
T  R  W  I  N  X  A  S  E  O  E  S  E  S  Y  C
A  F  M  V  L  M  G  I  R  L  R  J  N  S  O  Y
S  U  T  O  P  I  X  T  T  P  B  O  Y  C  J  X
T  X  M  N  L  T  V  S  S  S  C  N  F  I  V  H
I  H  A  X  L  I  D  I  K  K  S  I  T  S  Y  M
S  W  K  A  D  N  Y  R  E  E  M  Q  S  P  M  P
K  Z  T  T  I  N  S  U  R  O  B  O  T  E  R  S
B  H  O  O  R  B  T  T  E  N  A  L  P  N  S  D
O  J  M  M  R  I  O  U  L  I  A  W  V  W  V  J
S  Y  V  X  F  L  P  F  P  K  W  Z  N  F  W  A
B  A  K  B  Z  T  I  G  O  L  O  N  K  E  T  B
K  J  E  M  I  K  A  L  I  E  R  H  K  I  H  N
```

ATOM	GALAXY
BØKER	ILLUSJON
KJEMIKALIER	INNBILT
KINO	MYSTISK
DYSTOPI	ORAKEL
EKSPLOSJON	PLANET
EKSTREM	ROBOTER
FANTASTISK	TEKNOLOGI
BRANN	UTOPI
FUTURISTISK	VERDEN

56 - Geometry

```
T G P P M O V D I A M E T E R H
R I Z A Y N P M N I U D E R E O
E G J I R T E M M Y S Y I C M R
K V E L I A K B Q O G Ø K E M I
A N U C K N L X E V H H J D U S
N E T A L F B L T R I W L P N O
T V W C T Q H T E A E N Z L O N
Y R T E B V B M T L G G K D U T
I U Z L S T T N N E L T N E P A
W K M E D I A N E K L E C I L L
R K C D D Q B Q M R Z O A E N P
L I G N I N G K G I M R U A R G
Z G V A E P T C E S M I R X E K
O O M A S S E A S J T U K M N C
S L S P A D I M E N S J O N M U
C E E O Y V D L I E T L S A V J
```

VINKEL
BEREGNING
SIRKEL
KURVE
DIAMETER
DIMENSJON
LIGNING
HØYDE
HORISONTAL
LOGIKK

MASSE
MEDIAN
NUMMER
PARALLELL
ANDEL
SEGMENTET
FLATE
SYMMETRI
TEORI
TREKANT

57 - Creativity

```
F  B  G  H  H  T  E  T  I  S  N  E  T  N  I  Y
P  G  F  Ø  L  E  L  S  E  I  P  W  T  D  P  A
K  U  N  S  T  N  E  R  I  S  K  O  F  X  G  X
A  U  T  E  N  T  I  S  I  T  E  T  N  X  Q  Z
F  A  E  D  I  V  Y  J  I  K  I  W  K  T  G  M
E  Z  H  R  N  P  Y  L  C  S  K  B  K  X  A  D
R  Y  R  A  S  B  C  J  F  L  B  Y  Y  E  L  N
D  Q  A  M  P  V  I  S  J  O  N  E  R  X  A  D
I  F  L  A  I  C  S  L  K  E  S  D  T  T  F  N
G  P  K  T  R  Q  X  I  E  B  C  M  N  U  T  P
H  O  N  I  A  S  C  B  K  M  N  Z  N  V  C  U
E  I  C  S  S  Z  X  B  B  U  E  V  I  N  I  N
T  D  X  K  J  H  N  G  B  I  L  D  E  X  D  R
S  E  N  N  O  J  S  I  U  T  N  I  F  I  B  J
E  E  O  P  N  F  A  N  T  A  S  I  W  W  Z  E
S  R  R  T  K  X  A  R  F  Ø  L  E  L  S  E  R
```

KUNSTNERISK	FANTASI
AUTENTISITET	INNTRYKK
KLARHET	INSPIRASJON
DRAMATISK	INTENSITET
FØLELSER	INTUISJON
UTTRYKK	FØLELSE
FLYT	FERDIGHET
IDEER	SPONTAN
BILDE	VISJONER

58 - Airplanes

```
M U B O N B I H V C D V Q G N U
G N I N M A T S V A Z O T N N X
M Y Z B N L Y T E B R L C I E D
U O L I F L T L V N Q D O D G X
Z K T T N O J S K U R T S N O K
P G Z O G N I N T E R J N A R L
B R C L R G Z L E M M I H L D E
M R O I O B W Z V Z F H B U Y O
A H E P Q X O U E S U U L F H M
N I D N E S U K N M C U G T J B
N S Y G S L C X T K W A F S Z H
S T Ø I L E L V Y B F Q V J Y A
K O H S C M L E R Æ F S O M T A
A R Q E E A O P R O E V G R E D
P I V D P A S S A S J E R X C J
B E T U R B U L E N S Q Q I E F
```

EVENTYR	BRENSEL
LUFT	HØYDE
ATMOSFÆRE	HISTORIE
BALLONG	HYDROGEN
KONSTRUKSJON	LANDING
MANNSKAP	PASSASJER
AVSTAMNING	PILOT
DESIGN	PROPELLER
RETNING	HIMMEL
MOTOR	TURBULENS

59 - Ocean

```
T C U F I B Q R S S M B D F R H
B I K S I F N U T K R A O V X V
L B D G L S E U N I D P N G C O
E N O E H J K R R L Å J I E I Q
K S N B V M S K J P M A V S T L
K D V B M A C Q S A S T O R M W
S R G A B G N A T D D E L F I N
P H N R L N R N E D R E K E Q M
R Y T K B A A A Z E K J M I K N
U L O F Q Y E L A V H Z H D V D
T P K J P U H G H D T I R M E O
Z H V N V T C E A Y G K A J J J
S Ø S T E R S R I C C R E V G J
L F P W C L P P J K X X N H Q X
P A F M R X B Z W U D Z O Z Y Q
K O R A L L K S A L T H F T L D
```

ALGER   SALT
KORALL   TANG
KRABBE   HAI
DELFIN   REKE
ÅL   SVAMP
FISK   STORM
MANET   TIDEVANN
BLEKKSPRUT   TUNFISK
ØSTERS   SKILPADDE
REV   HVAL

60 - Force and Gravity

```
E G E N S K A P E R K K I S Y F
L J N O J S K I R F T S N I G P
E E E Z Y I A B J F Z F N T X L
M S I P Y M E S L E G E V E B A
S L P D N A T S V A X U I S S N
I E J C J N Z N B D J C R L Q E
T D N B P Y W L A I W F K E G T
E I L T V D I T N G K F N G I E
N V P O R N K P E V O V I A O R
G T K S J U Q F M H S P N D C E
A U V E K T M R Z Z G L G P F S
M E K A N I K K R U V I U P G K
O U N D V I H P R E S S T O C A
U N I V E R S E L L A R H S K I
H F Z K P T W I K Q V F B E A B
T Z M I R P R Z B K F U I A S H
```

AKSER	BEVEGELSE
SENTRUM	BANE
OPPDAGELSE	FYSIKK
AVSTAND	PLANETER
DYNAMISK	PRESS
UTVIDELSE	EGENSKAPER
FRIKSJON	HASTIGHET
INNVIRKNING	TID
MAGNETISME	UNIVERSELL
MEKANIKK	VEKT

61 - Birds

```
S  X  L  O  G  J  Ø  K  F  G  Z  P  M  L  Z  D
V  I  N  F  S  T  P  R  G  E  K  Å  M  D  H  U
A  L  S  Y  L  F  E  Q  E  B  A  F  Z  I  Y  F
N  E  K  Å  R  K  O  C  N  A  C  U  X  V  Z  J
E  K  A  M  M  A  O  Z  E  Y  Ø  G  E  P  A  P
N  Y  N  A  K  I  L  E  P  S  B  L  E  M  O  Q
E  L  A  R  M  T  M  T  X  S  T  U  R  T  S  Z
G  L  R  J  Ø  O  O  G  R  C  H  O  V  C  U  W
G  I  I  N  K  U  K  O  N  C  S  E  R  G  E  H
S  N  F  O  J  C  A  G  D  N  S  D  Z  K  G  D
R  G  U  U  C  A  C  N  I  V  G  N  I  P  Å  D
M  F  G  N  R  N  E  I  D  D  H  U  B  P  S  I
A  M  L  O  S  F  V  M  X  H  S  P  U  R  V  M
U  F  P  N  F  C  E  A  H  Z  J  O  Z  A  E  O
U  O  L  I  O  T  J  L  A  R  G  P  M  Y  N  X
M  Y  U  Z  U  B  M  F  W  Q  W  P  A  Y  X  F
```

KANARIFUGL	HEGRE
KYLLING	STRUTS
KRÅKE	PAPEGØYE
GJØK	PÅFUGL
AND	PELIKAN
ØRN	PINGVIN
EGG	SPURV
FLAMINGO	STORK
GÅS	SVANEN
MÅKE	TOUCAN

62 - Art

```
S  S  A  M  M  E  N  S  E  T  N  I  N  G  R  L
T  U  C  V  I  E  G  L  B  E  N  M  E  I  T  U
N  T  R  E  R  I  P  S  N  I  N  J  A  U  Y  T
L  L  I  R  U  T  P  L  U  K  S  K  G  I  J  T
F  L  I  R  E  I  R  E  L  A  M  M  E  B  D  R
J  G  P  W  Q  A  K  G  U  F  M  Q  G  L  K  Y
U  I  C  B  I  D  L  M  Z  I  I  V  T  E  O  K
S  Y  M  B  O  L  G  I  L  R  Æ  G  X  A  M  K
K  E  R  A  M  I  S  K  S  Ø  D  S  U  P  P  V
P  E  R  S  O  N  L  I  G  M  Y  K  D  R  L  I
L  A  Y  S  X  Y  C  J  T  U  E  I  D  U  E  S
P  O  E  S  I  L  A  S  J  H  P  L  E  N  K  U
O  R  I  G  I  N  A  L  C  Q  A  D  I  H  S  E
I  Q  N  D  P  B  E  G  Z  P  K  R  O  F  E  L
B  Q  F  E  C  R  G  P  G  J  S  E  E  D  V  L
S  R  O  B  M  R  B  K  H  V  H  A  S  I  K  N
```

KERAMISK	MALERIER
KOMPLEKS	PERSONLIG
SAMMENSETNING	POESI
SKAPE	SKILDRE
UTTRYKK	SKULPTUR
FIGUR	ENKEL
ÆRLIG	EMNE
INSPIRERT	SURREALISME
HUMØR	SYMBOL
ORIGINAL	VISUELL

63 - Nutrition

```
S  R  J  E  S  L  E  Y  Ø  D  R  O  F  J  K  E
H  E  L  H  G  M  Z  L  T  H  E  Q  Y  Z  A  L
B  I  T  T  E  R  A  J  S  L  N  Z  J  H  R  I
I  R  E  A  N  B  T  K  E  V  I  I  C  C  B  K
V  O  F  H  U  A  T  L  B  A  E  V  X  W  O  Z
L  L  F  E  S  L  E  H  C  N  T  Q  B  O  H  J
N  A  O  I  K  A  C  V  P  E  O  R  B  D  Y  C
T  K  T  L  V  N  S  B  I  R  R  A  R  M  D  P
I  B  S  U  A  S  P  F  Z  T  P  A  T  U  R  M
W  F  S  B  L  E  I  B  A  I  A  E  M  R  A  H
E  W  G  A  I  R  S  W  X  F  H  M  W  D  T  A
A  A  N  V  T  T  E  I  D  R  B  L  I  H  E  S
C  U  I  O  E  F  L  O  L  Y  M  U  U  N  R  A
H  I  R  Q  T  T  I  T  E  P  P  A  N  E  D  E
M  M  Æ  V  J  A  G  G  N  I  R  Æ  J  G  R  K
S  U  N  N  F  O  C  W  R  C  W  G  L  L  A  O
```

APPETITT	VANER
BALANSERT	HELSE
BITTER	SUNN
KALORIER	NÆRINGSSTOFF
KARBOHYDRATER	PROTEINER
DIETT	KVALITET
FORDØYELSE	SAUS
SPISELIG	GIFT
GJÆRING	VITAMIN
SMAK	VEKT

64 - Hiking

```
F O R B E R E D E L S E K N K M
H H Y N F P Y W J O R P L A B V
N I D V K A I W E S A A I T T A
Z B A I O H R T U N G R P U A N
U L L C Q P E E O N Q K P R N N
S P G A I L L D R S A E E Y I W
Z E N L C D V K T G M R N J X P
K P I V E J Ø A R F J E L L J E
J R R X A Z T P I R I T L X P A
Y R E W A P S C L W S Ø I A J G
O T T S T E I N E R M M V N N E
K J N O E T O G E P D P I U C Q
G L E E Q R R F M C X P E V R U
G N I P M A C Ø Y J L O J L H M
Y Q R M K K J T T X T T F Y T A
M U O B A Y I Q U T O J X Y G Q
```

DYR	NATUR
STØVLER	ORIENTERING
CAMPING	PARKER
KLIPPE	FORBEREDELSE
KLIMA	STEINER
FARER	TOPPMØTE
TUNG	SOL
KART	TRØTT
MYGG	VANN
FJELL	VILL

65 - Professions #1

```
N O G A S R Q E A S B Y I H R Q
S W P J J B T X F R H X Z F Ø K
O C U Q Ø K F D S E G R S G R X
S P F R M M E P C D U E H U L A
K Y G F A U Q I W D R K L L E M
D A K J N C J A C E Ø I H L G B
T Q R E N M O N O R T S A S G A
Y H E T P U Y I Y K K U U M E S
S W G G O L M S V S A M G E R S
R G E O H G E T K L D L G D E A
E E J L I R R I V H E W G U E D
N G I O D Y C A E J R V T Y R Ø
E E J K W D N G F R E S N A D R
R L A Y N V E T E R I N Æ R Z G
T M F S H A D V O K A T F V H I
L N A P N L B G E O L O G B P D
```

AMBASSADØR	JEGER
ASTRONOM	GULLSMED
ADVOKAT	MUSIKER
BANKIER	SYKEPLEIER
KARTOGRAF	PIANIST
TRENER	RØRLEGGER
DANSER	PSYKOLOG
LEGE	SJØMANN
REDAKTØR	SKREDDER
GEOLOG	VETERINÆR

66 - Barbecues

```
G S J Q M R A K N C C B T F K Y
A G U T B B G C J L G A D D I M
F R P L F A M I L I E R F Y Q F
L Ø R L T S T F B G P N X T V X
E N Y I M K W Y M I P A G Z M M
R N J P R J U J Q A V E N N E R
E S S A L D R F M T S I F E E E
V A A G V R Q S F H C A L L S T
I K B R E T A L A S C L L V U A
N E Z I S O M M E R J T Y Q G M
K R G L B M P L Z S J L K S J O
C K A L X U F D Z Q N I K A C T
B T N E N E K L K Q T B I U E T
Z W C S T Q K Z O W F S S S J D
S C W Z H M I A E W M U U H V F
X V N Y J J L C N J H T M P Z T
```

KYLLING
BARN
MIDDAG
FAMILIE
MAT
GAFLER
VENNER
FRUKT
SPILL
GRILLE

VARMT
SULT
KNIVER
MUSIKK
SALATER
SALT
SAUS
SOMMER
TOMATER
GRØNNSAKER

67 - Vegetables

```
J  K  S  A  B  G  W  Z  F  A  G  U  R  K  E  A
S  B  W  U  G  C  U  T  M  C  Z  R  I  F  Y  U
I  H  L  B  Z  W  X  L  N  S  A  T  Z  A  A  S
H  K  S  E  P  E  N  J  R  R  E  D  D  I  K  G
F  D  G  R  L  Ø  K  P  P  O  S  E  L  R  X  U
Y  B  Z  G  D  E  M  W  P  R  T  R  E  E  E  P
A  F  S  I  M  B  W  L  Q  H  H  C  K  L  O  J
X  X  A  N  P  E  E  E  O  C  V  A  K  L  E  T
B  L  L  E  D  R  Æ  F  E  G  N  I  X  E  L  A
O  T  A  B  L  O  M  K  Å  L  C  L  T  S  U  S
V  T  T  P  E  R  S  I  L  L  E  O  A  L  Z  S
S  J  A  L  O  T  T  L  Ø  K  U  K  M  P  Ø  V
B  O  G  R  E  S  S  K  A  R  T  K  O  X  A  K
A  R  T  I  S  J  O  K  K  F  Q  O  T  T  U  I
O  Z  M  Z  N  V  W  N  I  W  Y  R  E  N  L  D
S  P  I  N  A  T  V  P  I  T  M  B  B  W  Z  Y
```

ARTISJOKK	LØK
BROKKOLI	PERSILLE
GULROT	ERT
BLOMKÅL	GRESSKAR
SELLERI	REDDIK
AGURK	SALAT
AUBERGINE	SJALOTTLØK
HVITLØK	SPINAT
INGEFÆR	TOMAT
SOPP	NEPE

68 - The Media

```
W K V U G I L T N E F F O X N O
M S E T L A T I G I D A N D Y H
C V E D D Y D W L A K O L P A A
J H I A T K A F T D I V I D N I
V W M N F V Z F Q P L P N G N H
R L C N M I K R E V T T E N O O
R C U I D A N M M H G E K O N L
T L L N E B G A W E C B U M S D
D M C G A T X A Z N V F Y E N
I N D U S T R I S S O I D A R I
A U T G A V E Y K I I E N M S N
V T C M E L B W Z F N E T G M G
I W L L B T O B P O V E R A U E
S K O M M E R S I E L L R I R R
E N D L L E U T K E L L E T N I
R K O M M U N I K A S J O N C G
```

ANNONSER	INDUSTRI
HOLDNINGER	INTELLEKTUELL
KOMMERSIELL	LOKAL
KOMMUNIKASJON	MAGASINER
DIGITALT	NETTVERK
UTGAVE	AVISER
UTDANNING	ONLINE
FAKTA	MENING
FINANSIERING	OFFENTLIG
INDIVID	RADIO

69 - Boats

```
B X U O N A K W M F F G G A M G
I Ø J S N N I F C A M O T O R O
L O L H A V L E M L N A J I Q A
K P V G V E W X A I N N X E S K
T M S A E T Å L F V A H S X Z G
Y Q S C D R N E X B M R X K O Q
A M J T I C R A Q Å Ø B L R A G
C R D A T G E F U T J M A S T P
H S I R Å T B J I T S B Ø Y E Q
T O W R B T A U J I I C J T J E
I F G H L J A N K E R S B G R Q
G K D D I X Q V K K F N K M E H
F E D B E E D R A R X H V F F N
M Q J J S T U H J A C M U F P J
I M U D X D F F A Z K U M M E W
W X Q X V F W N K C D F J R N X
```

ANKER
BØYE
KANO
MANNSKAP
MOTOR
FERJE
KAJAKK
INNSJØ
LIVBÅT
MAST

NAUTISK
FLÅTE
ELV
TAU
SEILBÅT
SJØMANN
HAV
TIDEVANN
BØLGER
YACHT

70 - Driving

```
T  S  M  T  S  D  U  L  Z  C  D  A  L  T  F  G
B  R  A  K  N  C  J  D  A  C  P  E  L  L  R  A
R  Ø  A  K  E  H  E  R  E  S  M  E  R  B  N  R
E  F  Z  F  S  H  W  K  K  S  T  L  O  Q  Q  A
N  Å  Y  W  I  R  D  N  K  A  S  E  R  A  F  S
S  J  Y  H  L  K  G  N  Y  G  K  H  B  L  U  J
E  S  M  I  G  V  K  L  L  I  A  A  S  I  X  E
L  T  U  N  N  E  L  Y  U  A  K  S  I  S  L  F
M  A  V  E  I  A  F  R  X  V  V  T  K  R  J  T
M  O  T  O  R  O  Z  L  J  I  A  I  K  O  G  F
L  B  I  L  K  P  O  L  I  T  I  G  E  B  P  F
Q  W  S  Y  Z  A  A  Z  N  W  J  H  R  M  Y  H
L  E  K  K  Y  S  R  O  T  O  M  E  H  Y  X  V
R  S  Y  P  M  R  B  T  H  E  U  T  E  J  P  L
F  O  T  G  J  E  N  G  E  R  Z  Z  T  F  B  R
O  H  P  P  E  R  Q  O  U  I  P  W  B  E  J  C
```

ULYKKE	MOTOR
BREMSER	MOTORSYKKEL
BIL	FOTGJENGER
FARE	POLITI
SJÅFØR	VEI
BRENSEL	SIKKERHET
GARASJE	HASTIGHET
GASS	TRAFIKK
LISENS	LASTEBIL
KART	TUNNEL

71 - Biology

```
S  K  Y  T  B  M  T  G  M  U  M  A  N  G  V  N
C  B  V  Q  S  X  Z  A  V  R  E  P  T  I  L  E
E  C  F  N  V  Q  P  R  G  B  S  Z  E  L  S  V
L  N  Y  O  O  A  U  G  C  A  O  C  S  R  Y  R
L  G  W  D  U  D  I  J  D  K  M  C  E  U  N  O
E  S  Y  M  B  I  O  S  E  T  S  E  T  T  A  N
U  L  Z  R  O  N  J  E  O  E  O  H  N  A  P  R
P  J  Z  Q  J  Z  V  L  H  R  Y  B  Y  N  S  R
E  R  Y  D  E  T  T  A  P  I  R  R  S  E  E  P
V  N  O  J  S  A  T  U  M  E  B  L  O  G  S  K
R  L  Z  T  D  T  C  G  H  I  M  O  T  A  N  A
E  P  K  Y  E  C  B  P  G  O  E  N  O  L  W  P
N  E  D  O  M  I  U  Y  L  A  R  B  F  L  Z  S
Z  I  K  F  U  M  N  M  M  X  L  M  O  O  C  T
K  R  O  M  O  S  O  M  R  T  T  O  O  K  O  E
H  D  E  V  O  L  U  S  J  O  N  Y  B  N  I  R
```

ANATOMI	MUTASJON
BAKTERIE	NATURLIG
CELLE	NERVE
KROMOSOM	NEVRON
KOLLAGEN	OSMOSE
EMBRYO	FOTOSYNTESE
ENZYM	PROTEIN
EVOLUSJON	REPTIL
HORMON	SYMBIOSE
PATTEDYR	SYNAPSE

72 - Professions #2

```
B  I  B  L  I  O  T  E  K  A  R  M  X  I  T  O
F  A  S  T  R  O  N  A  U  T  B  X  F  L  K  E
D  I  O  P  P  F  I  N  N  E  R  G  M  I  A  V
U  Z  L  P  J  O  U  R  N  A  L  I  S  T  V  F
D  W  L  O  K  I  L  K  S  G  M  E  Z  Q  K  K
X  A  Y  L  S  O  L  Æ  C  H  U  G  S  C  Q  F
N  J  L  J  J  O  W  L  R  E  N  T  R  A  G  O
L  E  G  E  G  L  F  O  U  E  N  I  R  P  O  T
D  E  T  E  K  T  I  V  T  S  R  L  L  I  L  O
I  N  G  E  N  I  Ø  R  A  M  T  N  E  L  O  G
L  I  N  G  V  I  S  T  N  A  P  R  Y  O  O  R
C  B  B  O  N  D  E  N  N  L  C  C  A  T  Z  A
B  I  O  L  O  G  A  P  L  E  T  E  K  T  O  F
K  I  R  U  R  G  Y  I  E  R  R  N  E  B  Ø  U
J  D  R  Z  R  G  N  D  G  Q  N  A  T  X  C  R
R  S  M  F  H  T  S  L  E  R  B  J  P  Z  Q  C
```

ASTRONAUT   BIBLIOTEKAR
BIOLOG   LINGVIST
TANNLEGE   MALER
DETEKTIV   FILOSOF
INGENIØR   FOTOGRAF
BONDE   LEGE
GARTNER   PILOT
ILLUSTRATØR   KIRURG
OPPFINNER   LÆRER
JOURNALIST   ZOOLOG

73 - Emotions

```
O T D A K A T A K K N E M L I G
V R U G J U V X N Q M T A E F M
E I O F E S E S L E T T E L D I
R S O R D A Y O L U S Y L M D Z
R T O X S K U N C A P N S X B C
A H G G O I P M Z L P M M C R O
S E G L M G L V T F H P V A Q Z
K T T E H G I L N N E V E M T N
E E P D E I N N H O L D G T D T
L H F E T E H G I L A S K K Y L
S M I R Y X R C T E W E D A Ø E
E Ø L B Y G C Q A S I N N E N P
W C D P M K Q B P X K M D L R L
F Q K U E V T I M G Q W E R O F
R O L I G G V Q Y Q D L L T F Z
I T Y T Y C V W S G W O P F R P
```

SINNE	FRED
LYKKSALIGHET	AVSLAPPET
KJEDSOMHET	LETTELSE
ROLIG	TRISTHET
INNHOLD	FORNØYD
FLAU	OVERRASKELSE
FRYKT	SYMPATI
TAKKNEMLIG	ØMHET
GLEDE	RO
VENNLIGHET	

74 - Mythology

```
C M D H I M M E L I S U L A J S
K A E Ø R A U K C X R E G I R K
E H T U D Q G B K A P E V H I A
D J V S C E K R Y T S X M E N P
D C J A P C L E S R Ø F P P O N
M O N S T E R I L E G E N D E I
Q M Y K N X F A G A A Z E F B N
H E L E I R K O T F Q O L Q V G
Y P F W R H I F R U T L U K D K
N N Y T Y E V K V T C R I H Q Z
Z S G O B V T A Z L S R I E I F
F W T R A N E S L E P A K S E S
G A X D L P O S M H I T T N K N
X Y I E A R K E T Y P E R A U E
U Z C N C Z D W V I N Q C O K U
U D Ø D E L I G H E T E V Z Z B
```

ARKETYPE	SJALUSI
OPPFØRSEL	LABYRINT
TRO	LEGENDE
SKAPELSE	LYN
SKAPNING	MONSTER
KULTUR	DØDELIG
KATASTROFE	HEVN
HIMMEL	STYRKE
HELT	TORDEN
UDØDELIGHET	KRIGER

75 - Agronomy

```
H  F  P  J  G  R  H  J  E  T  T  M  G  V  J  G
H  O  L  Q  B  C  W  I  D  Q  D  A  R  I  I  L
D  R  E  T  N  A  L  P  F  R  Ø  N  Ø  T  J  K
K  U  R  B  D  R  O  J  Z  T  C  D  N  E  Ø  J
P  R  S  Y  K  D  O  M  M  E  R  J  N  N  K  V
R  E  M  E  T  S  Y  S  L  D  X  S  S  S  O  G
L  N  O  J  S  K  U  D  O  R  P  T  A  K  L  C
K  S  L  E  S  D  Ø  J  G  J  G  U  K  A  O  I
N  I  L  A  M  E  M  O  J  B  I  D  E  P  G  L
J  N  U  M  N  Y  W  I  R  G  R  E  R  K  I  I
E  G  G  I  L  D  N  A  L  G  S  R  X  B  M  T
E  N  E  R  G  I  B  D  F  J  A  E  R  E  T  E
M  Z  P  E  G  W  I  R  U  O  Ø  N  M  F  N  I
D  K  X  M  A  T  Y  S  U  H  W  N  I  F  T  Q
E  R  O  S  J  O  N  C  D  K  R  A  T  S  S  U
F  P  R  A  R  D  J  Z  F  F  R  V  M  M  K  R
```

LANDBRUK	PLANTER
SYKDOMMER	FORURENSING
ØKOLOGI	PRODUKSJON
ENERGI	LANDLIG
MILJØ	VITENSKAP
EROSJON	FRØ
JORDBRUK	STUDERE
GJØDSEL	SYSTEMER
MAT	GRØNNSAKER
ORGANISK	VANN

76 - Hair Types

```
M Y K A K V V T R O K T P F Q C
E B O O B S D Y K S K Ø F L K L
P S R J I O G N A L W R G E V L
D W F F O R X N U Å A R N T N D
V V R X E T H N H R R V C T S W
C R F G A L X U Q G B A K E E U
K W J L L K C S O I V N W R X X
L D Z U H C G L P C Y D W U H B
I I C I S K R Ø L L E R V B T O
B L O N D K Y J I A Y Y T Ø T L
S D I A G K A X M H V I T L F W
N V G B D Y Y L I K H C H G K C
U U A U D T E L L Ø R K Y E T W
P E S R J E V V A E Q O T T U Q
S C T E T T E L F J T U G E V A
S K I N N E N D E F A R G E T L
```

SKALLET	GRÅ
SVART	SUNN
BLOND	LANG
FLETTET	SKINNENDE
FLETTER	KORT
BRUN	MYK
FARGET	TYKK
KRØLLER	TYNN
KRØLLET	BØLGETE
TØRR	HVIT

77 - Garden

```
E  R  R  B  K  M  Y  L  Y  J  A  V  R  J  E  Q
W  Q  Y  D  D  U  I  L  A  C  U  K  W  O  U  T
M  D  D  S  P  A  D  E  T  E  R  R  A  S  S  E
R  T  R  E  L  A  D  D  Z  K  S  U  B  W  S  E
A  S  H  N  R  F  V  N  G  A  X  J  A  L  I  R
G  M  E  I  E  Y  R  U  A  R  B  E  N  K  F  T
R  O  N  L  H  M  Y  B  Y  R  S  J  B  I  R  N
E  L  G  O  K  O  B  X  P  S  E  Q  H  X  U  I
S  B  E  P  Q  G  Z  H  M  D  R  V  F  P  K  V
S  Z  K  M  A  D  A  P  L  E  N  A  S  P  T  S
S  S  Ø  A  H  K  J  R  W  P  E  Q  L  I  H  G
E  J  Y  R  N  P  S  R  A  U  A  H  A  R  A  J
R  B  E  T  M  H  Z  D  C  S  V  U  N  N  G  K
G  J  E  R  D  E  A  H  F  U  J  P  G  S  E  H
U  C  F  T  P  C  L  G  L  U  R  E  E  V  I  Z
W  W  Y  P  H  F  S  X  E  C  S  S  S  J  S  Y
```

BENK
BUSK
GJERDE
BLOMST
GARASJE
HAGE
GRESS
HENGEKØYE
SLANGE
PLEN

FRUKTHAGE
DAM
VERANDA
RAKE
SPADE
TERRASSE
TRAMPOLINE
TRE
VINTREET
UGRESS

78 - Diplomacy

```
S  A  M  A  R  B  E  I  D  S  I  Q  U  O  U  A
W  I  D  L  X  F  S  H  I  M  N  J  V  R  P  M
K  K  I  T  I  L  O  P  L  P  L  W  E  Q  D  B
K  O  G  K  Q  E  G  E  J  C  E  T  D  S  T  A
I  S  N  O  J  S  U  K  S  I  D  E  T  R  E  S
T  H  I  F  U  O  D  Q  S  K  T  H  A  N  T  S
E  E  N  C  L  J  X  W  Q  T  E  G  K  N  I  A
T  W  S  M  I  I  H  U  M  A  N  I  T  Æ  R  D
I  C  Ø  H  Q  V  K  Q  V  T  N  D  E  R  G  E
O  T  L  X  I  R  I  T  I  K  U  R  H  Å  E  P
P  X  F  Y  X  K  U  C  J  A  F  E  R  D  T  U
B  O  R  G  E  R  E  J  F  R  M  F  E  G  N  F
R  E  G  J  E  R  I  N  G  T  A  T  K  I  I  L
O  I  X  N  A  T  J  W  T  P  S  T  K  V  K  F
D  I  P  L  O  M  A  T  I  S  K  E  I  E  F  S
A  M  B  A  S  S  A  D  Ø  R  W  R  S  R  R  W
```

RÅDGIVER	ETIKK
AMBASSADØR	REGJERING
BORGERE	HUMANITÆR
CIVIC	INTEGRITET
SAMFUNNET	RETTFERDIGHET
KONFLIKT	POLITIKK
SAMARBEID	VEDTAK
DIPLOMATISK	SIKKERHET
DISKUSJON	LØSNING
AMBASSADE	TRAKTAT

79 - Countries #1

```
E U P M X D K G O K K O R A M S
V I J F L Q G Q V X A I O B K P
A E F I S R A E L K M H M R O A
I L T Y S K L A N D A L A A O N
O T A U G A R A C I N R N S Q I
C H A T V F X N U T A K I I E A
H R L L V T D E G Y P T A L Z D
A B E Q I I N L S E N E G A L A
O P U C K A A O A Y E P Y Y P N
A I Z Y F M L P J P D Z B B L A
W O E G R O N I P Y W R O I Z C
T E N Z L W I P R B Y G M L Y U
F U E Z E F F V L J G K A E O F
T U V E Q U L X E Y E E F W P B
O D G J C T G V I E T N A M N F
N C K V O I Z G M O N X L S D E
```

BRASIL	MAROKKO
CANADA	NICARAGUA
EGYPT	NORGE
FINLAND	PANAMA
TYSKLAND	POLEN
IRAK	ROMANIA
ISRAEL	SENEGAL
ITALIA	SPANIA
LATVIA	VENEZUELA
LIBYA	VIETNAM

80 - Adjectives #1

```
D A L G M Q R X D F D M E B V K
A T D S Ø I S I B M A H K Q A D
R T D A R D Ø C G B G C S Y K B
O R B B K S I T N E D I O E K Y
M A G X U C R P U N N Y T H E B
A K O H Z P E Q T R Z F I K R I
T T T U L O S B A E V K S F I D
I I C W Æ S T S A D P A K S V V
S V C O V R V J B O O E L Ø E S
K G O K J V L A F M O B M R R T
L A N G S O M I T B L T V E D W
Y Y J V C A R R G I T T Y N I W
K U N S T N E R I S K P U E F S
V C N D L L Q H H J D D Q J U P
A Z V K D K F O Q G Y N V S L O
F N V O Y I D K U F A A C O L D
```

ABSOLUTT
AMBISIØS
AROMATISK
KUNSTNERISK
ATTRAKTIV
VAKKER
MØRK
EKSOTISK
SJENERØS
GLAD

TUNG
NYTTIG
ÆRLIG
IDENTISK
VIKTIG
MODERNE
SERIØS
LANGSOM
TYNN
VERDIFULL

81 - Rainforest

```
N Z M G N I R A V E B B V O G R
T A J U N G E L V T A P R M F E
T K T C T G I Z E E N R E Y K S
A C V U L B B S R A W Y T K M T
I P R R R M I J D U I D K C E A
F U G L E R F F I R K E E W G U
Z M J E S Y M Y F F V T S W H R
B Q Z D J B A A U O L T N B G E
O R E S P E K T L L A A I J V R
T Z V B U H W I L K U P F P K I
A Y E N Q P R V E I V Q F H J N
N W T I L F L U K T K L I M A G
I R C S X L Z L J M P L S J N Q
S K E Q D X B F D L O F G N A M
K S A M F U N N E T P S I P C C
J B A T E S L E V E L R E V O S
```

AMFIBIER	PATTEDYR
FUGLER	MOSE
BOTANISK	NATUR
KLIMA	BEVARING
SKYER	TILFLUKT
SAMFUNNET	RESPEKT
MANGFOLD	RESTAURERING
URFOLK	ART
INSEKTER	OVERLEVELSE
JUNGEL	VERDIFULL

82 - Technology

```
N I H Z J N S S U R I V Q R V I
E C X R G N I N K S R O F W H K
T G G G C I K E H R Z D L T L A
T Z J W Y K K I T S I T A T S M
L Q W K F S E T Y B F F U D A E
E M S P I A R U S F C X T G F R
S R S L Z M H Ø Y T O F Q Y I A
E R T R P A E C K M Q Y N O X N
R V I S E T T E N R E T N I T O
X P V W A A Q O T L A T I G I D
D V S M C D K C H X V M S N L V
V T E V I R T U E L L O K I R M
P R O G R A M V A R E P J D N T
B L O G G T K F X S V D E L E X
J D F Y W A R Z I Z Q A R E A E
L P H S C D E Z F L B F M M U O
```

BLOGG	SKRIFT
NETTLESER	INTERNETT
BYTE	MELDING
KAMERA	FORSKNING
DATAMASKIN	SKJERM
MARKØR	SIKKERHET
DATA	PROGRAMVARE
DIGITALT	STATISTIKK
VISE	VIRTUELL
FIL	VIRUS

83 - Global Warming

```
O  E  B  L  B  I  G  R  E  N  E  U  V  Z  T  Y
P  N  D  A  T  A  N  Y  K  K  R  I  S  E  E  G
P  D  I  N  T  C  T  D  B  M  W  W  G  U  M  E
M  R  T  O  P  T  C  E  U  X  K  B  N  T  P  N
E  I  M  J  F  C  N  C  P  S  Q  B  I  V  E  E
R  N  E  S  A  O  S  S  U  Y  T  Y  N  I  R  R
K  G  R  A  R  U  R  W  T  N  V  R  V  K  A  A
S  E  F  N  Q  C  I  S  J  I  X  A  I  L  T  S
O  R  U  R  A  G  U  R  K  C  B  A  G  I  U  J
M  Y  W  E  R  M  G  G  X  E  L  G  V  N  R  O
H  Z  I  T  K  A  I  S  B  N  R  A  O  G  E  N
E  Q  H  N  T  M  I  L  J  Ø  S  S  L  C  R  E
T  P  W  I  I  X  A  A  K  Y  D  S  H  E  N  R
P  I  C  M  S  H  A  B  I  T  A  T  E  R  I  M
K  J  A  R  K  N  F  E  U  C  O  E  F  N  I  J
R  E  G  J  E  R  I  N  G  K  D  V  V  Å  G  R
```

ARKTISK	GASS
OPPMERKSOMHET	GENERASJONER
ENDRINGER	REGJERING
KLIMA	HABITATER
KRISE	INDUSTRI
DATA	INTERNASJONAL
UTVIKLING	LOVGIVNING
ENERGI	NÅ
MILJØ	FORSKER
FREMTID	TEMPERATURER

84 - Landscapes

```
S  Z  P  P  D  A  K  S  U  M  P  P  A  Z  H  Ø
T  D  V  X  K  N  L  U  A  M  E  B  W  V  G  R
R  S  Ø  Y  S  H  I  I  N  N  S  J  Ø  T  A  K
A  R  D  N  U  T  P  T  H  R  I  S  Y  E  G  E
N  Q  A  C  V  B  P  T  Z  Z  X  S  L  R  K  N
D  F  O  S  S  A  E  J  K  Y  D  I  B  Z  N  D
V  X  N  M  G  M  D  U  U  V  A  Z  P  R  Z  R
F  U  H  Z  U  N  M  Y  H  A  L  V  Ø  Y  E  K
N  S  L  C  X  V  I  F  D  H  U  L  E  U  W  O
Å  Z  K  K  U  W  S  W  B  W  J  E  L  N  S  A
S  V  V  Q  A  O  F  I  I  S  E  S  X  E  U  S
U  B  D  R  D  N  J  Y  K  H  I  X  E  W  J  E
D  A  L  K  W  C  E  V  H  L  Y  W  Z  A  O  F
L  X  D  Y  T  J  L  F  G  Z  Q  E  V  G  E  D
R  Q  X  M  C  L  L  W  E  Y  U  X  W  K  S  U
Z  J  U  Z  X  S  A  W  Z  O  D  D  M  T  Y  Y
```

STRAND	FJELL
HULE	OASE
KLIPPE	HALVØY
ØRKEN	ELV
GEYSIR	HAV
ISBRE	SUMP
ÅS	TUNDRA
ISFJELL	DAL
ØY	VULKAN
INNSJØ	FOSS

85 - Visual Arts

```
K  B  X  L  L  K  S  J  A  B  L  O  N  G  P  M
U  L  B  K  Z  C  R  U  T  P  L  U  K  S  E  E
L  Y  R  R  F  T  U  E  I  N  B  L  W  K  N  S
L  A  M  Q  S  H  T  R  A  G  K  Q  B  O  N  T
R  N  Y  T  L  S  K  I  T  T  K  L  N  V  J  E
P  T  I  S  X  F  E  E  F  S  I  K  F  S  I  R
Z  O  S  B  L  Z  T  L  X  I  M  V  E  A  G  V
M  O  R  F  M  L  I  F  A  T  A  Y  I  W  K  E
A  W  V  T  Q  Z  K  P  O  R  R  N  J  T  C  R
L  M  W  J  R  J  R  K  N  A  E  C  C  W  E  K
E  P  H  M  A  E  A  Y  Q  E  K  G  D  B  X  T
R  U  J  P  S  Y  T  F  R  E  L  R  C  G  S  U
I  R  P  W  T  R  W  T  K  H  N  A  I  H  D  U
S  A  M  M  E  N  S  E  T  N  I  N  G  T  W  P
P  E  R  S  P  E  K  T  I  V  W  U  X  E  T  O
F  O  T  O  G  R  A  F  I  L  E  F  F  A  T  S
```

ARKITEKTUR	MESTERVERK
ARTIST	MALERI
KERAMIKK	PENN
KRITT	BLYANT
KULL	PERSPEKTIV
LEIRE	FOTOGRAFI
SAMMENSETNING	PORTRETT
KREATIVITET	SKULPTUR
STAFFELI	SJABLONG
FILM	VOKS

86 - Plants

```
K A H X D H Y L O N F I G O C V
E R T W C U T N B W O I Q O H E
T O O W P E P B G L G E S W L G
T L R N Y W S N T L X E N X Y E
F F R Z B W B L O M S T K R N T
S T I L K L E S D Ø J G R Æ B A
B A M B U S A A Y H A G E A O S
L G V M R W T D Y J O U V R M J
Y A V B B O T A N I K K V U J O
K G S Q Ø M F G N O C R Ø B Z N
Y R S V L N O N V S N T L S L L
Y E B U S K N S U T K A K K G F
E S T V V I W E E E F Ø Y O M L
E S U R Q K A J S E S G X G Z I
F Y X B R J B V G U H W V M S K
P B B E P G V D I S F D R T G D
```

BAMBUS	SKOG
BØNNE	HAGE
BÆR	GRESS
BOTANIKK	EFØY
BUSK	MOSE
KAKTUS	KRONBLAD
GJØDSEL	ROT
FLORA	STILK
BLOMST	TRE
LØVVERK	VEGETASJON

87 - Countries #2

```
D F R V J A X T U B N D Z H L X
U Y B A E A I L A M O S S D I S
Q G X H S U M I P O Z O F Y B F
N S I T B F K A F O S A L L E H
S Y R I A I P O I T E L M K R B
C Y L E C I A O Z C O A M D I N
N F N N E P A L L F A N B P A N
M S Z A A S Z M E X I C O H W V
I Y J P P L D A N M A R K X H I
H J N A S I B S U D A N L B D Y
U S O J P D N A L S S U R E R C
K G N O O A Z H N A T S I K A P
P L A M S K E W A I R E G I N D
X H B N H A I T I U A K R T E V
J Y I D D B O J O G C U K U I G
I U L G R A N I A R K U V H V E
```

ALBANIA
DANMARK
ETIOPIA
HELLAS
HAITI
JAMAICA
JAPAN
LAOS
LIBANON
LIBERIA

MEXICO
NEPAL
NIGERIA
PAKISTAN
RUSSLAND
SOMALIA
SUDAN
SYRIA
UGANDA
UKRAINA

88 - Ecology

```
B  Æ  R  E  K  R  A  F  T  I  G  L  V  B  D  X
B  T  T  O  X  D  W  A  H  G  I  A  C  G  K  A
P  P  E  A  B  M  A  N  U  A  F  O  T  S  F  O
P  Z  I  K  S  T  R  R  N  N  V  E  W  Z  L  D
M  A  R  I  N  E  E  V  T  A  H  V  R  V  O  V
J  E  N  S  W  V  T  E  O  T  P  W  E  E  R  M
G  S  A  M  F  U  N  N  K  U  Y  H  S  G  A  F
D  L  O  F  G  N  A  M  D  R  Y  M  S  E  E  R
N  E  O  N  A  I  L  V  E  L  Ø  A  U  T  X  I
R  V  Q  B  K  L  P  K  V  I  T  T  R  A  T  V
Y  E  V  O  A  Y  D  H  P  G  D  A  S  S  S  I
D  L  L  L  M  L  N  A  T  U  R  T  E  J  I  L
J  R  U  L  I  L  Q  W  Y  F  Z  I  R  O  N  L
W  E  M  V  L  E  M  N  D  D  P  B  I  N  D  I
C  V  X  R  K  J  L  U  B  O  Q  A  K  H  S  G
B  O  F  G  U  F  L  I  R  J  T  H  P  H  V  E
```

KLIMA
SAMFUNN
MANGFOLD
TØRKE
FAUNA
FLORA
GLOBAL
HABITAT
MARINE
MYR

FJELL
NATURLIG
NATUR
PLANTER
RESSURSER
ART
OVERLEVELSE
BÆREKRAFTIG
VEGETASJON
FRIVILLIGE

89 - Adjectives #2

```
B E R Ø M T B S Y D B K R P H G
Y A R B D J G T J H E T P R D I
N D S X Q Y R O D O G G V O A N
I A T Q C I E L E A A D S D S Q
W R T Z Q K D T X S V E P U U W
S E T U I U N U W O E F Z K N J
E Ø W Q R G E M N O T D S T N N
L V V Q M L V A F B S L H I Z W
E A I N K S I T N E T U A V G L
G R T V I E R G I L R A V S N A
A M A V Y G K R E T S K V K W I
N T E I H I S U L T E N D G F J
T X R L T I E A L H P N W Q R B
V H K L Ø R B V C K O E M L J K
N I P U R I N T E R E S S A N T
G K E N R Q R Y U R R M H K M V
```

AUTENTISK
KREATIV
BESKRIVENDE
TØRR
ELEGANT
BERØMT
BEGAVET
SUNN
VARMT
SULTEN

INTERESSANT
NATURLIG
NY
PRODUKTIV
STOLT
ANSVARLIG
SALT
SØVNIG
STERK
VILL

90 - Psychology

```
F Ø L E L S E B T B J W L Z Q E
L D L R O R I P A R E T P D F G
P N U C Y E J E D R E K N A T O
B E V I S S T L Ø S N E I B E K
V I R K E L I G H E T D N Z H L
G R E Z T T A V T A L E O D G I
O P P F A T N I N G P I J M I N
V U R D E R I N G Q R D S F L I
K M L E S R Ø F P P O E I U N S
O O F I J R S Z Q Y B E N O O K
N T N D R Ø M M E R L R G N S Y
Q X X F F R R J E B E I O V R C
J N E W L U O T W S M E K K E W
J R E G N I R A F R E Z C M P Q
E A N Y T E K E F C V Q W H Z W
L V J F L Y W T F Ø L E L S E R
```

AVTALE
VURDERING
OPPFØRSEL
BARNDOM
KLINISK
KOGNISJON
KONFLIKT
DRØMMER
EGO
FØLELSER

ERFARINGER
IDEER
OPPFATNING
PERSONLIGHET
PROBLEM
VIRKELIGHET
FØLELSE
TERAPI
TANKER
BEVISSTLØS

91 - Math

```
S E N A Y M Y A D J H E E G V V
P P G I N M H V I J Q K P E P I
P O M A H U Q J W J D S J O A N
S G L L E L L A R A P P Y M H K
C B E Y E O K N E J D O U E B L
A H D F G V C L D F B N O T D E
X A K B S O M N A V U E D R I R
Y B Ø B N M N Q R O S N E I V A
X O R R F J Z S G Y T T S D I D
P M B R N V O G N I N G I L S I
V K K I T E M T I R A Z M I J A
M R R A D I U S E B K G A I O M
X E Z P A P S S T G E Y L G N E
N T S Y M M E T R I R V U K E T
O S I K X Z R Y A W T O X J S E
R E K T A N G E L I D U T E W R
```

VINKLER
ARITMETIKK
OMKRETS
DESIMAL
GRADER
DIAMETER
DIVISJON
LIGNING
EKSPONENT
BRØKDEL

GEOMETRI
PARALLELL
POLYGON
RADIUS
REKTANGEL
TORGET
SUM
SYMMETRI
TREKANT
VOLUM

92 - Activities

```
I  K  K  J  Y  T  R  C  P  O  A  L  B  F  U  Q
H  U  T  A  K  P  I  H  O  L  Z  O  X  R  P  B
K  Å  O  K  Y  Z  Z  Z  D  A  W  I  A  I  V  W
E  J  N  T  P  N  C  T  E  T  I  V  I  T  K  A
R  M  I  D  I  E  B  R  A  E  G  A  H  I  C  D
A  X  E  F  V  B  E  C  N  V  I  D  T  D  A  N
M  G  N  I  R  E  F  A  R  G  O  T  O  F  M  Z
I  S  U  F  E  D  R  E  R  U  T  T  O  F  P  U
K  N  Y  E  S  E  D  K  H  U  T  O  V  O  I  X
K  A  F  R  S  L  L  I  P  S  K  Q  P  N  N  V
N  D  N  D  E  G  B  S  G  R  F  H  I  V  G  U
B  S  P  I  R  N  X  R  K  B  C  I  E  A  Y  Q
D  E  R  G  E  I  P  E  M  A  F  T  S  N  U  K
N  X  A  H  T  S  A  U  V  M  A  G  I  K  R  J
D  P  M  E  N  E  G  P  W  G  I  Y  Y  R  E  D
N  F  T  T  I  L  A  V  S  L  A  P  N  I  N  G
```

AKTIVITET	JAKT
KUNST	INTERESSER
CAMPING	FRITID
KERAMIKK	MAGI
HÅNDVERK	FOTOGRAFERING
DANS	GLEDE
FISKE	LESING
SPILL	AVSLAPNING
HAGEARBEID	SY
FOTTURER	FERDIGHET

93 - Business

```
T U J Y L Z G H M F D S P Ø A L
L D L Y A T T A B A R E E K R T
C P L W V T C N D B K L N O B T
V O E M H E E D E R C S G N E S
B P D N H J R E R I I K E O I Y
V Y E P W S E L L K U A R M D G
D P R Q M D I S I K M P O I S T
N P X F O U R V N B B X T L G Z
S A L G T B R A M A K W N E I S
M V A L U T A R P S N Z O G V K
V I Q C X T K E T N N I K M E A
O B G G V A K R Z M R M W F H R T
X U H V C S B U T I K K E G X T
N O R M K N S U E Q Z E H B O E
G W A D E A U K P K O S T E L R
I N V E S T E R I N G B E J G Y
```

BUDSJETT   FINANS
KARRIERE   INNTEKT
SELSKAP   INVESTERING
KOSTE   LEDER
VALUTA   HANDELSVARER
RABATT   PENGER
ØKONOMI   KONTOR
ANSATT   SALG
ARBEIDSGIVER   BUTIKK
FABRIKK   SKATTER

94 - The Company

```
C I N Q X C F P R O D U K T B S
P N O K I S I R X K F T A K E Y
F D J K B I M E A T I E C B S S
C U S V I N U D E M P E G A L S
H S A A N L N N B G P J K U E
F T T L N T I E H V N A T F T L
V R N I O E G R E N I U N B N S
I I E T V K H T T A R U T G I E
R H S E A T E C E P E C L M N T
K J E T T E T A R O T T J N G T
S J R A I R R E L K S Q K Y G I
O S P A V T A W X X E R C Y Z N
M R E S S U R S E R V G I R R G
H G L O B A L I V A N W Z U U O
E K R E A T I V B F I A B Y V B
T N O O P R O F E S J O N E L L
```

VIRKSOMHET
KREATIV
BESLUTNING
SYSSELSETTING
GLOBAL
INDUSTRI
INNOVATIV
INVESTERING
MULIGHET
PRESENTASJON

PRODUKT
PROFESJONELL
FRAMGANG
KVALITET
RYKTE
RESSURSER
INNTEKTER
RISIKO
TRENDER
ENHETER

95 - Literature

```
E E I R Z S Z A S F E Y E R F F
T H N H M S E N T W O L W C O O
M E T A F O R A I D I K T B R R
K S S W M D T L I T K Z I F T
O L X A J O D O I M J G H O A E
N E T B M I R G N I N E M G T L
K V S Z V M L I B V B M N R T L
L I Y H O U E S Q D C T W A E E
U R A I Z Q G N Q D M Y X F R R
S K N G Z W E B L D X R K I I M
J S A V O J F P N I I R J M F E
O E L T E M A V C L G A F A Y C
N B Y A N E K D O T E N L S E C
B K S I T E O P R X U C I O E O
I I E I D E G A R T F B F N G M
O Y H N Y S R L F Z T O V M G N
```

ANALOGI
ANALYSE
ANEKDOTE
FORFATTER
BIOGRAFI
SAMMENLIGNING
KONKLUSJON
BESKRIVELSE
DIALOG
METAFOR

FORTELLER
ROMAN
MENING
DIKT
POETISK
RIM
RYTME
STIL
TEMA
TRAGEDIE

96 - Geography

```
N P J U E C V C O G Ø M Q B N E
C I H I E Z E Y H L Y W Z Q F O
N O I G E R R Q R A W T S B E O
K A R T G M D E S N H A Ø E H X
A K I H Q Y E P L D H Ø R Z J Y
T T O D J Y N Y C X N Y Y Q F S
L E G N I M G E E R B Y B D Z Z
A R X I T R O T A V K E T S E V
S R W R X I E W T L I D Z E L X
L I I M Y N N M R E H Z G B U G
B T K F F K B E F X W H B W K Q
Z O B J N O R D N Q N A N Z V C
B R N E B N H L M T X V G K L E
P I A L B R E D D E G R A D A D
E U O L P N M X R D L Z D Z H J
E M L Z A T D O O P U M F W J U
```

HØYDE   MERIDIAN
ATLAS   FJELL
BY   NORD
KONTINENT   REGION
LAND   ELV
EKVATOR   HAV
HALVKULE   SØR
ØY   TERRITORIUM
BREDDEGRAD   VEST
KART   VERDEN

97 - Jazz

```
Y N A R X A V T S I N O P M O K
F O V L F A U C M D G R J U U Q
J J J N W Y Z K X C K K I S U M
O S Y X A L F C X H P E G A X B
G A M M E L A O S J J S M P G E
T S U K M W V O M N K T V P W R
E I B U M A O B H K K E I L S Ø
K V L N B X R E M M O R T A A M
N O A S Z U I T K O F A F U N T
I R Z T H P T Q I O C A S S G B
K P R N S L T K R K N E W P J O
K M K E T N E C E Y N S C A C P
U I K R I B R Y K V T N E L A T
V O O Z L T N X O P Y M K R A I
J L G T R X L W G B E J E P T Z
S A M M E N S E T N I N G E W I
```

ALBUM	IMPROVISASJON
APPLAUS	MUSIKK
KUNSTNER	NY
KOMPONIST	GAMMEL
SAMMENSETNING	ORKESTER
KONSERT	RYTME
TROMMER	SANG
VEKT	STIL
BERØMT	TALENT
FAVORITTER	TEKNIKK

98 - Nature

```
L Y A I H Q P M J A R K U W H N
Z S K O G I L E D E R F Y V E Q
T T L S G Y V C F S H W T I L D
C C D C I R O S K Y E R Å L L B
Y B U K T T A A S T R E K L I M
M M L A K Z K P I Z B I E W G M
W R Y B I J D R M X S B N N D U
S J X J V M E C A G I L O R O B
T T I T K T R F N E K R Ø U M Q
Z R M X H A O Y Y K L I P P E R
E M O M C M S W D X W K V Q B L
M S D P G H J S K J Ø N N H E T
N U C E I Y O E L V Q E Q Q K J
Y E W X N S N D C H L D M N B K
W C G R M E K N S Y S U U W H R
K G I Y E E Z L Ø V V E R K Q J
```

DYR	LØVVERK
ARKTISK	SKOG
SKJØNNHET	ISBRE
BIER	FREDELIG
KLIPPER	ELV
SKYER	HELLIGDOM
ØRKEN	ROLIG
DYNAMISK	TROPISK
EROSJON	VIKTIG
TÅKE	VILL

99 - Vacation #2

```
S  C  V  U  G  G  T  F  N  V  I  S  U  M  N  C
U  Q  B  E  T  E  R  H  E  M  Y  Z  P  O  D  A
Z  M  N  G  L  K  A  A  S  R  F  R  O  C  E  M
H  O  T  E  L  L  N  V  S  E  I  X  A  T  S  P
C  X  L  N  L  J  S  I  A  K  T  E  Y  B  T  I
G  S  E  K  E  M  P  U  L  C  C  O  O  K  I  N
W  E  T  M  J  A  O  Y  P  N  R  O  G  C  N  G
V  G  F  E  F  T  R  V  Y  Ø  Z  O  T  D  A  L
J  Q  N  S  P  T  T  E  L  A  C  Z  I  X  S  A
F  I  G  I  P  A  S  S  F  N  D  H  D  F  J  W
E  G  S  E  D  X  K  X  X  E  S  C  F  R  O  P
E  S  T  R  A  N  D  E  M  M  E  R  F  I  N  C
F  H  Y  O  X  W  E  M  U  X  E  S  O  T  L  A
E  U  L  H  E  I  M  L  E  E  W  M  V  I  P  Y
O  O  D  S  J  N  D  Z  T  D  J  F  S  D  B  H
D  P  K  A  R  T  N  N  M  U  X  A  J  F  I  I
```

FLYPLASSEN   FRITID
STRAND   KART
CAMPING   FJELL
DESTINASJON   PASS
FREMMED   HAV
UTLENDING   TAXI
FERIE   TELT
HOTELL   TOG
ØY   TRANSPORT
REISE   VISUM

100 - Electricity

```
M L J E S H G T Z I Z B G H S D
N P L Z Y L C I Z P J A E K T D
E D G N E M A T L D N T T W I E
G T U H K G U G A B F T M W K L
A Z E T R O T A R E N E G V K E
T T I L S B K Q V I H R T V O K
I U H H E T B K Z Y N I F I N T
V V K N J F Y F R S K G Z T T R
M A G N E T O R E S A L X I A I
R T S L C C W N T V W V O S K K
E L E K T R I S K K G H C O T E
N E T T V E R K E R A F F P H R
Y A R X R P H S J X E P F A V U
K A B E L M L U B F Y D P Æ R E
C D D K J A T D O J F I P S Z H
R T R B B L L E D N I N G E R E
```

BATTERI	NEGATIV
PÆRE	NETTVERK
KABEL	OBJEKTER
ELEKTRISK	POSITIV
ELEKTRIKER	MENGDE
UTSTYR	STIKKONTAKT
GENERATOR	LAGRING
LAMPE	TELEFON
LASER	TV
MAGNET	LEDNINGER

1 - Antiques

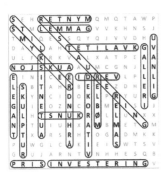

2 - Food #1

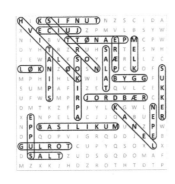

3 - Measurements

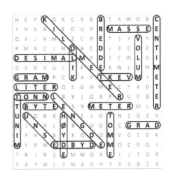

4 - Farm #2

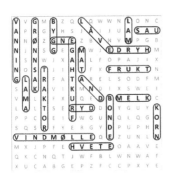

5 - Books

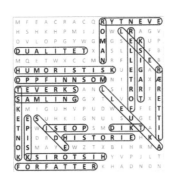

6 - Meditation

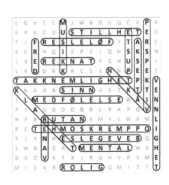

7 - Days and Months

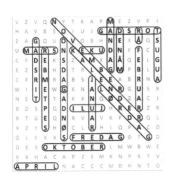

8 - Energy

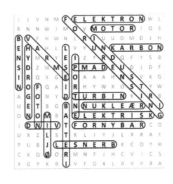

9 - Archeology

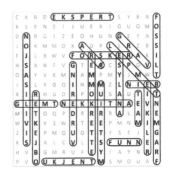

10 - Food #2

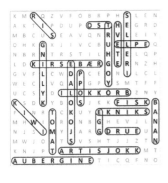

11 - Chemistry

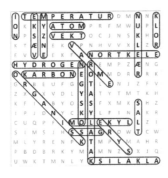

12 - Music

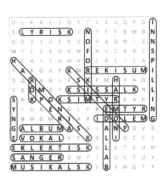

13 - Family

14 - Farm #1

15 - Camping

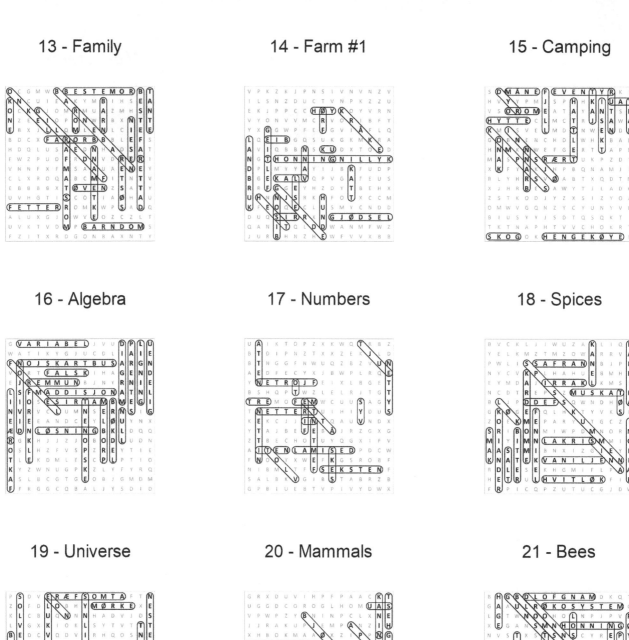

16 - Algebra

17 - Numbers

18 - Spices

19 - Universe

20 - Mammals

21 - Bees

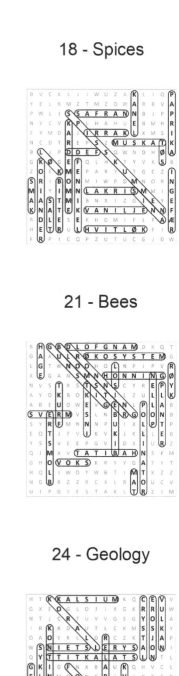

22 - Adventure

23 - Restaurant #2

24 - Geology

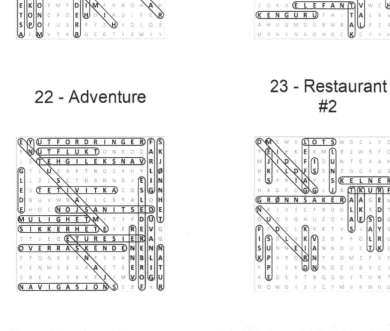

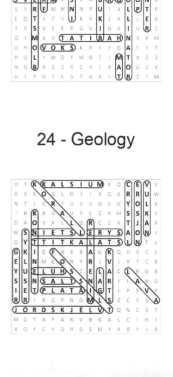

25 - House

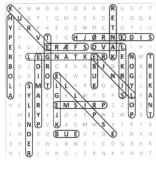

26 - Physics

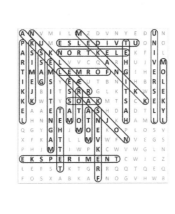

27 - Dance

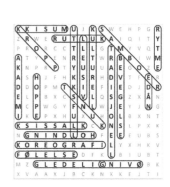

28 - Shapes

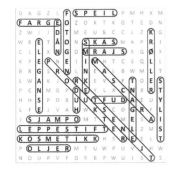

29 - Scientific Disciplines

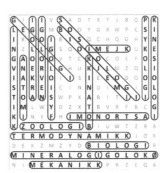

30 - Science

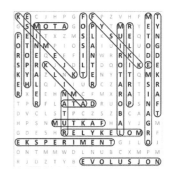

31 - Beauty

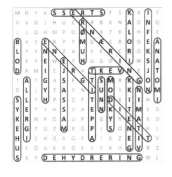

32 - Clothes

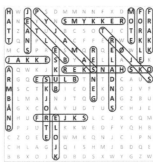

33 - Astronomy

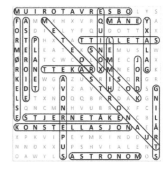

34 - Health and Wellness #2

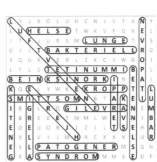

35 - Disease

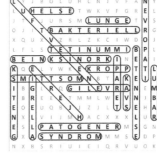

36 - Time

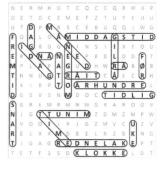

37 - Buildings

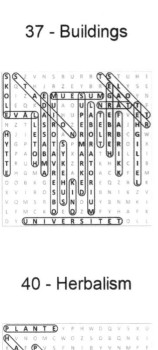

38 - Philanthropy

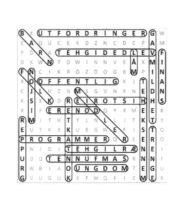

39 - Gardening

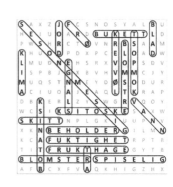

40 - Herbalism

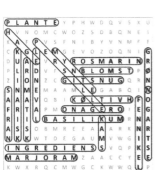

41 - Vehicles

42 - Flowers

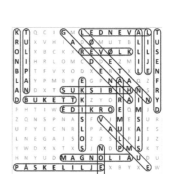

43 - Health and Wellness #1

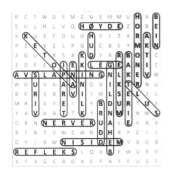

44 - Town

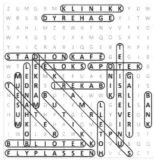

45 - Antarctica

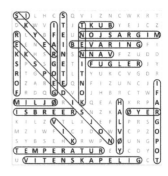

46 - Ballet

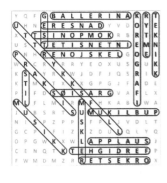

47 - Fashion

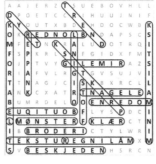

48 - Human Body

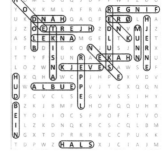

49 - Musical Instruments

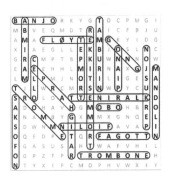

50 - Fruit

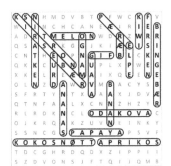

51 - Engineering

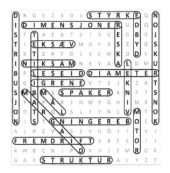

52 - Kitchen

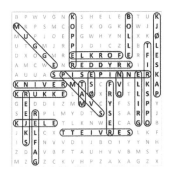

53 - Government

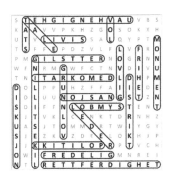

54 - Art Supplies

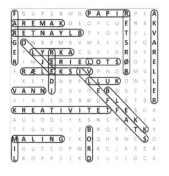

55 - Science Fiction

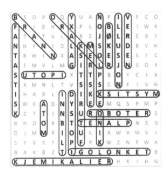

56 - Geometry

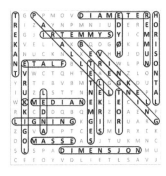

57 - Creativity

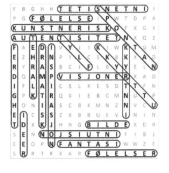

58 - Airplanes

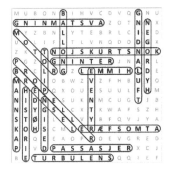

59 - Ocean

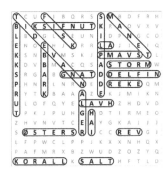

60 - Force and Gravity

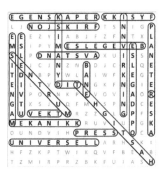

61 - Birds

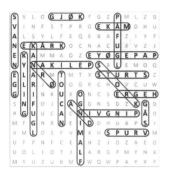

62 - Art

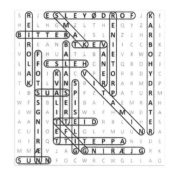

63 - Nutrition

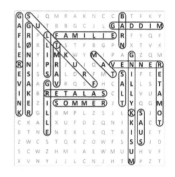

64 - Hiking

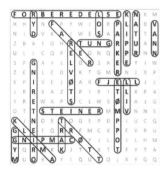

65 - Professions #1

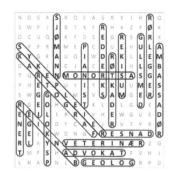

66 - Barbecues

67 - Vegetables

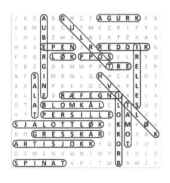

68 - The Media

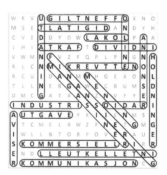

69 - Boats

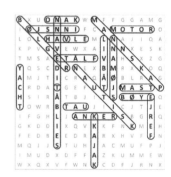

70 - Driving

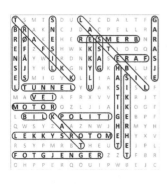

71 - Biology

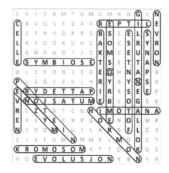

72 - Professions #2

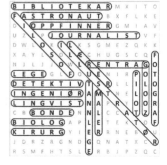

73 - Emotions

74 - Mythology

75 - Agronomy

76 - Hair Types

77 - Garden

78 - Diplomacy

79 - Countries #1

80 - Adjectives #1

81 - Rainforest

82 - Technology

83 - Global Warming

84 - Landscapes

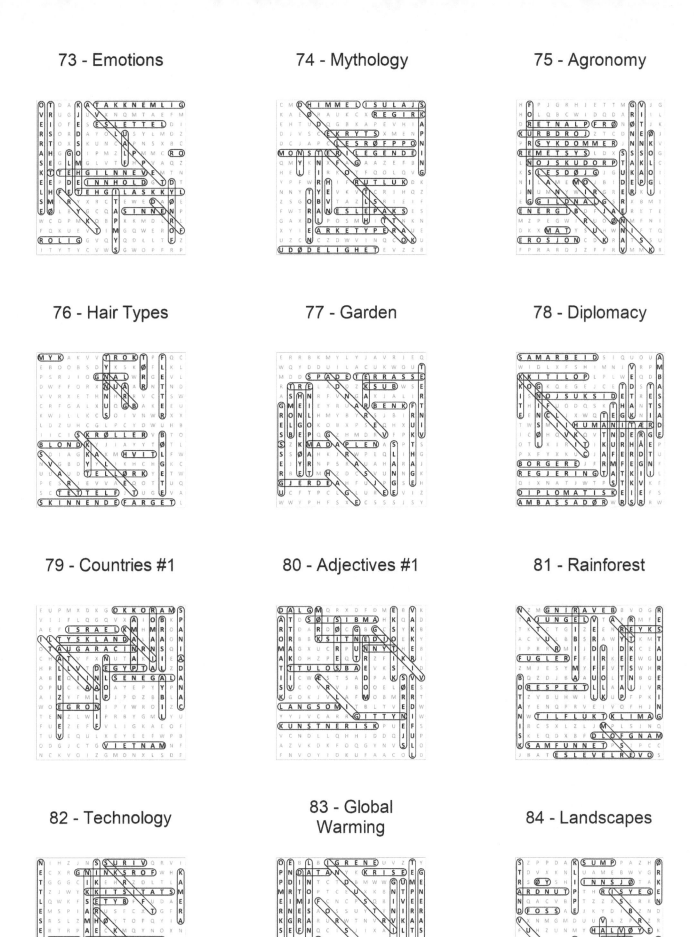

85 - Visual Arts

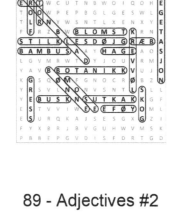

86 - Plants

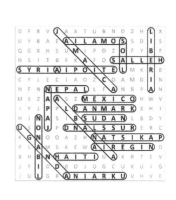

87 - Countries #2

88 - Ecology

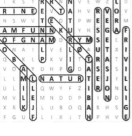

89 - Adjectives #2

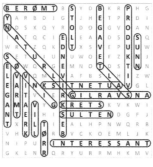

90 - Psychology

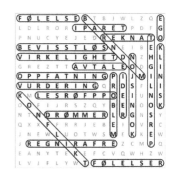

91 - Math

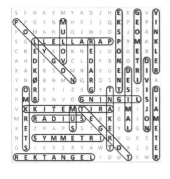

92 - Activities

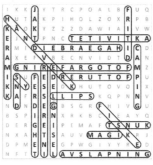

93 - Business

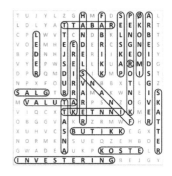

94 - The Company

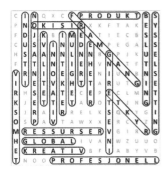

95 - Literature

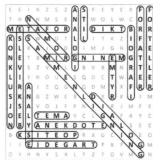

96 - Geography

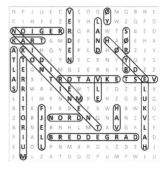

97 - Jazz

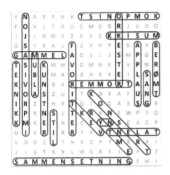

98 - Nature

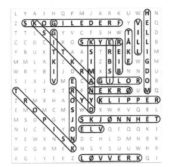

99 - Vacation #2

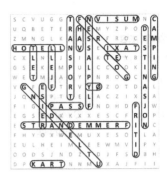

100 - Electricity

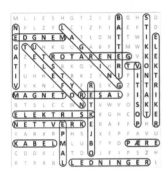

Dictionary

Activities
Aktiviteter

Activity	Aktivitet
Art	Kunst
Camping	Camping
Ceramics	Keramikk
Crafts	Håndverk
Dancing	Dans
Fishing	Fiske
Games	Spill
Gardening	Hagearbeid
Hiking	Fotturer
Hunting	Jakt
Interests	Interesser
Leisure	Fritid
Magic	Magi
Photography	Fotografering
Pleasure	Glede
Reading	Lesing
Relaxation	Avslapning
Sewing	Sy
Skill	Ferdighet

Adjectives #1
Adjektiver #1

Absolute	Absolutt
Ambitious	Ambisiøs
Aromatic	Aromatisk
Artistic	Kunstnerisk
Attractive	Attraktiv
Beautiful	Vakker
Dark	Mørk
Exotic	Eksotisk
Generous	Sjenerøs
Happy	Glad
Heavy	Tung
Helpful	Nyttig
Honest	Ærlig
Identical	Identisk
Important	Viktig
Modern	Moderne
Serious	Seriøs
Slow	Langsom
Thin	Tynn
Valuable	Verdifull

Adjectives #2
Adjektiver #2

Authentic	Autentisk
Creative	Kreativ
Descriptive	Beskrivende
Dry	Tørr
Elegant	Elegant
Famous	Berømt
Gifted	Begavet
Healthy	Sunn
Hot	Varmt
Hungry	Sulten
Interesting	Interessant
Natural	Naturlig
New	Ny
Productive	Produktiv
Proud	Stolt
Responsible	Ansvarlig
Salty	Salt
Sleepy	Søvnig
Strong	Sterk
Wild	Vill

Adventure
Eventyr

Activity	Aktivitet
Beauty	Skjønnhet
Challenges	Utfordringer
Chance	Sjanse
Dangerous	Farlig
Destination	Destinasjon
Difficulty	Vanskelighet
Enthusiasm	Entusiasme
Excursion	Utflukt
Friends	Venner
Itinerary	Reiserute
Joy	Glede
Nature	Natur
Navigation	Navigasjon
New	Ny
Opportunity	Mulighet
Preparation	Forberedelse
Safety	Sikkerhet
Surprising	Overraskende
Unusual	Uvanlig

Agronomy
Agronomi

Agriculture	Landbruk
Diseases	Sykdommer
Ecology	Økologi
Energy	Energi
Environment	Miljø
Erosion	Erosjon
Farming	Jordbruk
Fertilizer	Gjødsel
Food	Mat
Organic	Organisk
Plants	Planter
Pollution	Forurensing
Production	Produksjon
Rural	Landlig
Science	Vitenskap
Seeds	Frø
Study	Studere
Systems	Systemer
Vegetables	Grønnsaker
Water	Vann

Airplanes
Fly

Adventure	Eventyr
Air	Luft
Atmosphere	Atmosfære
Balloon	Ballong
Construction	Konstruksjon
Crew	Mannskap
Descent	Avstamning
Design	Design
Direction	Retning
Engine	Motor
Fuel	Brensel
Height	Høyde
History	Historie
Hydrogen	Hydrogen
Landing	Landing
Passenger	Passasjer
Pilot	Pilot
Propellers	Propeller
Sky	Himmel
Turbulence	Turbulens

Algebra
Algebra

Addition	Addisjon
Diagram	Diagram
Division	Divisjon
Equation	Ligning
Exponent	Eksponent
Factor	Faktor
False	Falsk
Formula	Formel
Fraction	Brøkdel
Infinite	Uendelig
Linear	Lineær
Matrix	Matrise
Number	Nummer
Parenthesis	Parentes
Problem	Problem
Simplify	Forenkle
Solution	Løsning
Subtraction	Subtraksjon
Variable	Variabel
Zero	Null

Antarctica
Antarktis

Bay	Bukt
Birds	Fugler
Clouds	Skyer
Conservation	Bevaring
Continent	Kontinent
Cove	Vik
Environment	Miljø
Expedition	Ekspedisjon
Geography	Geografi
Glaciers	Isbreer
Ice	Is
Islands	Øyer
Migration	Migrasjon
Peninsula	Halvøy
Researcher	Forsker
Rocky	Steinete
Scientific	Vitenskapelig
Temperature	Temperatur
Topography	Topografi
Water	Vann

Antiques
Antikviteter

Art	Kunst
Auction	Auksjon
Authentic	Autentisk
Century	Århundre
Coins	Mynter
Collector	Samler
Decorative	Dekorativ
Elegant	Elegant
Furniture	Møbler
Gallery	Galleri
Investment	Investering
Jewelry	Smykker
Old	Gammel
Price	Pris
Quality	Kvalitet
Restoration	Restaurering
Sculpture	Skulptur
Style	Stil
Unusual	Uvanlig
Value	Verdi

Archeology
Arkeologi

Analysis	Analyse
Antiquity	Antikken
Bones	Bein
Civilization	Sivilisasjon
Descendant	Etterkommer
Era	Æra
Evaluation	Vurdering
Expert	Ekspert
Findings	Funn
Forgotten	Glemt
Fossil	Fossilt
Fragments	Fragment
Mystery	Mysterium
Objects	Objekter
Relic	Relikvie
Researcher	Forsker
Team	Team
Temple	Tempel
Tomb	Grav
Unknown	Ukjent

Art
Kunst

Ceramic	Keramisk
Complex	Kompleks
Composition	Sammensetning
Create	Skape
Expression	Uttrykk
Figure	Figur
Honest	Ærlig
Inspired	Inspirert
Mood	Humør
Original	Original
Paintings	Malerier
Personal	Personlig
Poetry	Poesi
Portray	Skildre
Sculpture	Skulptur
Simple	Enkel
Subject	Emne
Surrealism	Surrealisme
Symbol	Symbol
Visual	Visuell

Art Supplies
Kunst Forsyninger

Acrylic	Akryl
Brushes	Børster
Camera	Kamera
Chair	Stol
Charcoal	Kull
Clay	Leire
Colors	Farger
Creativity	Kreativitet
Easel	Staffeli
Eraser	Viskelær
Glue	Lim
Ideas	Ideer
Ink	Blekk
Oil	Olje
Paints	Maling
Paper	Papir
Pencils	Blyanter
Table	Bord
Water	Vann
Watercolors	Akvareller

Astronomy
Astronomi

Asteroid	Asteroide
Astronaut	Astronaut
Astronomer	Astronom
Constellation	Konstellasjon
Cosmos	Kosmos
Earth	Jord
Eclipse	Formørkelse
Equinox	Equinox
Galaxy	Galaxy
Meteor	Meteor
Moon	Måne
Nebula	Stjernetåke
Observatory	Observatorium
Planet	Planet
Radiation	Stråling
Rocket	Rakett
Satellite	Satellitt
Sky	Himmel
Supernova	Supernova
Zodiac	Dyrekretsen

Ballet
Ballett

Applause	Applaus
Artistic	Kunstnerisk
Audience	Publikum
Ballerina	Ballerina
Choreography	Koreografi
Composer	Komponist
Dancers	Dansere
Expressive	Uttrykksfull
Gesture	Gest
Graceful	Grasiøs
Intensity	Intensitet
Lessons	Leksjoner
Muscles	Muskler
Music	Musikk
Orchestra	Orkester
Practice	Praksis
Rhythm	Rytme
Skill	Ferdighet
Style	Stil
Technique	Teknikk

Barbecues
Grilling

Chicken	Kylling
Children	Barn
Dinner	Middag
Family	Familie
Food	Mat
Forks	Gafler
Friends	Venner
Fruit	Frukt
Games	Spill
Grill	Grille
Hot	Varmt
Hunger	Sult
Knives	Kniver
Music	Musikk
Salads	Salater
Salt	Salt
Sauce	Saus
Summer	Sommer
Tomatoes	Tomater
Vegetables	Grønnsaker

Beauty
Skjønnhet

Charm	Sjarm
Color	Farge
Cosmetics	Kosmetikk
Curls	Krøller
Elegance	Eleganse
Elegant	Elegant
Fragrance	Duft
Grace	Nåde
Lipstick	Leppestift
Makeup	Sminke
Mascara	Mascara
Mirror	Speil
Oils	Oljer
Photogenic	Fotogen
Products	Produkter
Scissors	Saks
Services	Tjenester
Shampoo	Sjampo
Skin	Hud
Stylist	Stylist

Bees
Bier

Beneficial	Gunstig
Blossom	Blomstre
Diversity	Mangfold
Ecosystem	Økosystem
Flowers	Blomster
Food	Mat
Fruit	Frukt
Garden	Hage
Habitat	Habitat
Hive	Bikube
Honey	Honning
Insect	Insekt
Plants	Planter
Pollen	Pollen
Pollinator	Pollinator
Queen	Dronning
Smoke	Røyk
Sun	Sol
Swarm	Sverm
Wax	Voks

Biology
Biologi

Anatomy	Anatomi
Bacteria	Bakterie
Cell	Celle
Chromosome	Kromosom
Collagen	Kollagen
Embryo	Embryo
Enzyme	Enzym
Evolution	Evolusjon
Hormone	Hormon
Mammal	Pattedyr
Mutation	Mutasjon
Natural	Naturlig
Nerve	Nerve
Neuron	Nevron
Osmosis	Osmose
Photosynthesis	Fotosyntese
Protein	Protein
Reptile	Reptil
Symbiosis	Symbiose
Synapse	Synapse

Birds
Fugler

Canary	Kanarifugl
Chicken	Kylling
Crow	Kråke
Cuckoo	Gjøk
Duck	And
Eagle	Ørn
Egg	Egg
Flamingo	Flamingo
Goose	Gås
Gull	Måke
Heron	Hegre
Ostrich	Struts
Parrot	Papegøye
Peacock	Påfugl
Pelican	Pelikan
Penguin	Pingvin
Sparrow	Spurv
Stork	Stork
Swan	Svanen
Toucan	Toucan

Boats
Båter

Anchor	Anker
Buoy	Bøye
Canoe	Kano
Crew	Mannskap
Engine	Motor
Ferry	Ferje
Kayak	Kajakk
Lake	Innsjø
Lifeboat	Livbåt
Mast	Mast
Nautical	Nautisk
Raft	Flåte
River	Elv
Rope	Tau
Sailboat	Seilbåt
Sailor	Sjømann
Sea	Hav
Tide	Tidevann
Waves	Bølger
Yacht	Yacht

Books
Reserve

Adventure	Eventyr
Author	Forfatter
Collection	Samling
Context	Kontekst
Duality	Dualitet
Epic	Episk
Historical	Historisk
Humorous	Humoristisk
Inventive	Oppfinnsom
Literary	Litterær
Narrator	Forteller
Novel	Roman
Page	Side
Poem	Dikt
Poetry	Poesi
Reader	Leser
Relevant	Aktuell
Story	Historie
Tragic	Tragisk
Written	Skrevet

Buildings
Bygningsmasse

Apartment	Leilighet
Barn	Låve
Cabin	Hytte
Castle	Slott
Cinema	Kino
Embassy	Ambassade
Factory	Fabrikk
Hospital	Sykehus
Hostel	Herberge
Hotel	Hotell
Laboratory	Laboratorium
Museum	Museum
Observatory	Observatorium
School	Skole
Stadium	Stadion
Supermarket	Supermarked
Tent	Telt
Theater	Teater
Tower	Tårn
University	Universitet

Business
Forretninger

Budget	Budsjett
Career	Karriere
Company	Selskap
Cost	Koste
Currency	Valuta
Discount	Rabatt
Economics	Økonomi
Employee	Ansatt
Employer	Arbeidsgiver
Factory	Fabrikk
Finance	Finans
Income	Inntekt
Investment	Investering
Manager	Leder
Merchandise	Handelsvarer
Money	Penger
Office	Kontor
Sale	Salg
Shop	Butikk
Taxes	Skatter

Camping
Camping

Adventure	Eventyr
Animals	Dyr
Cabin	Hytte
Canoe	Kano
Compass	Kompass
Fire	Brann
Forest	Skog
Fun	Moro
Hammock	Hengekøye
Hat	Hatt
Hunting	Jakt
Insect	Insekt
Lake	Innsjø
Map	Kart
Moon	Måne
Mountain	Fjell
Nature	Natur
Rope	Tau
Tent	Telt
Trees	Trær

Chemistry
Kjemi

Acid	Syre
Alkaline	Alkalisk
Atomic	Atom
Carbon	Karbon
Catalyst	Katalysator
Chlorine	Klor
Electron	Elektron
Enzyme	Enzym
Gas	Gass
Heat	Varme
Hydrogen	Hydrogen
Ion	Ion
Liquid	Væske
Molecule	Molekyl
Nuclear	Nukleær
Organic	Organisk
Oxygen	Oksygen
Salt	Salt
Temperature	Temperatur
Weight	Vekt

Clothes
Klær

Apron	Forkle
Belt	Belte
Blouse	Bluse
Bracelet	Armbånd
Coat	Frakk
Dress	Kjole
Fashion	Mote
Gloves	Hansker
Hat	Hatt
Jacket	Jakke
Jeans	Jeans
Jewelry	Smykker
Pajamas	Pyjamas
Pants	Bukse
Sandals	Sandaler
Scarf	Skjerf
Shirt	Skjorte
Shoe	Sko
Skirt	Skjørt
Sweater	Genser

Countries #1
Land #1

Brazil	Brasil
Canada	Canada
Egypt	Egypt
Finland	Finland
Germany	Tyskland
Iraq	Irak
Israel	Israel
Italy	Italia
Latvia	Latvia
Libya	Libya
Morocco	Marokko
Nicaragua	Nicaragua
Norway	Norge
Panama	Panama
Poland	Polen
Romania	Romania
Senegal	Senegal
Spain	Spania
Venezuela	Venezuela
Vietnam	Vietnam

Countries #2
Land #2

Albania	Albania
Denmark	Danmark
Ethiopia	Etiopia
Greece	Hellas
Haiti	Haiti
Jamaica	Jamaica
Japan	Japan
Laos	Laos
Lebanon	Libanon
Liberia	Liberia
Mexico	Mexico
Nepal	Nepal
Nigeria	Nigeria
Pakistan	Pakistan
Russia	Russland
Somalia	Somalia
Sudan	Sudan
Syria	Syria
Uganda	Uganda
Ukraine	Ukraina

Creativity
Kreativitet

Artistic	Kunstnerisk
Authenticity	Autentisitet
Clarity	Klarhet
Dramatic	Dramatisk
Emotions	Følelser
Expression	Uttrykk
Fluidity	Flyt
Ideas	Ideer
Image	Bilde
Imagination	Fantasi
Impression	Inntrykk
Inspiration	Inspirasjon
Intensity	Intensitet
Intuition	Intuisjon
Inventive	Oppfinnsom
Sensation	Følelse
Skill	Ferdighet
Spontaneous	Spontan
Visions	Visjoner
Vitality	Vitalitet

Dance
Danse

Academy	Akademi
Art	Kunst
Body	Kropp
Choreography	Koreografi
Classical	Klassisk
Cultural	Kulturell
Culture	Kultur
Emotion	Følelse
Expressive	Uttrykksfull
Grace	Nåde
Joyful	Gledelig
Jump	Hoppe
Movement	Bevegelse
Music	Musikk
Partner	Samboer
Posture	Holdning
Rehearsal	Øving
Rhythm	Rytme
Traditional	Tradisjonell
Visual	Visuell

Days and Months
Dager og Måneder

April	April
August	August
Calendar	Kalender
February	Februar
Friday	Fredag
January	Januar
July	Juli
March	Mars
Monday	Mandag
Month	Måned
November	November
October	Oktober
Saturday	Lørdag
September	September
Sunday	Søndag
Thursday	Torsdag
Tuesday	Tirsdag
Wednesday	Onsdag
Week	Uke
Year	År

Diplomacy
Diplomati

Adviser	Rådgiver
Ambassador	Ambassadør
Citizens	Borgere
Civic	Civic
Community	Samfunnet
Conflict	Konflikt
Cooperation	Samarbeid
Diplomatic	Diplomatisk
Discussion	Diskusjon
Embassy	Ambassade
Ethics	Etikk
Government	Regjering
Humanitarian	Humanitær
Integrity	Integritet
Justice	Rettferdighet
Politics	Politikk
Resolution	Vedtak
Security	Sikkerhet
Solution	Løsning
Treaty	Traktat

Disease
Sykdom

Allergies	Allergi
Bacterial	Bakteriell
Body	Kropp
Bones	Bein
Chronic	Kronisk
Contagious	Smittsom
Genetic	Genetisk
Health	Helse
Heart	Hjerte
Hereditary	Arvelig
Immunity	Immunitet
Inflammation	Betennelse
Lumbar	Lumbar
Neuropathy	Nevropati
Pathogens	Patogener
Pulmonary	Lunge
Respiratory	Luftveiene
Syndrome	Syndrom
Therapy	Terapi
Weak	Svak

Driving
Kjøring

Accident	Ulykke
Brakes	Bremser
Car	Bil
Danger	Fare
Driver	Sjåfør
Fuel	Brensel
Garage	Garasje
Gas	Gass
License	Lisens
Map	Kart
Motor	Motor
Motorcycle	Motorsykkel
Pedestrian	Fotgjenger
Police	Politi
Road	Vei
Safety	Sikkerhet
Speed	Hastighet
Traffic	Trafikk
Truck	Lastebil
Tunnel	Tunnel

Ecology
Økologi

Climate	Klima
Communities	Samfunn
Diversity	Mangfold
Drought	Tørke
Fauna	Fauna
Flora	Flora
Global	Global
Habitat	Habitat
Marine	Marine
Marsh	Myr
Mountains	Fjell
Natural	Naturlig
Nature	Natur
Plants	Planter
Resources	Ressurser
Species	Art
Survival	Overlevelse
Sustainable	Bærekraftig
Vegetation	Vegetasjon
Volunteers	Frivillige

Electricity
Elektrisitet

Battery	Batteri
Bulb	Pære
Cable	Kabel
Electric	Elektrisk
Electrician	Elektriker
Equipment	Utstyr
Generator	Generator
Lamp	Lampe
Laser	Laser
Magnet	Magnet
Negative	Negativ
Network	Nettverk
Objects	Objekter
Positive	Positiv
Quantity	Mengde
Socket	Stikkontakt
Storage	Lagring
Telephone	Telefon
Television	Tv
Wires	Ledninger

Emotions
Følelser

Anger	Sinne
Bliss	Lykksalighet
Boredom	Kjedsomhet
Calm	Rolig
Content	Innhold
Embarrassed	Flau
Fear	Frykt
Grateful	Takknemlig
Joy	Glede
Kindness	Vennlighet
Love	Kjærlighet
Peace	Fred
Relaxed	Avslappet
Relief	Lettelse
Sadness	Tristhet
Satisfied	Fornøyd
Surprise	Overraskelse
Sympathy	Sympati
Tenderness	Ømhet
Tranquility	Ro

Energy
Energi

Battery	Batteri
Carbon	Karbon
Diesel	Diesel
Electric	Elektrisk
Electron	Elektron
Entropy	Entropi
Environment	Miljø
Fuel	Brensel
Gasoline	Bensin
Heat	Varme
Hydrogen	Hydrogen
Industry	Industri
Motor	Motor
Nuclear	Nukleær
Photon	Foton
Pollution	Forurensing
Renewable	Fornybar
Steam	Damp
Turbine	Turbin
Wind	Vind

Engineering
Teknisk

Angle	Vinkel
Axis	Akser
Calculation	Beregning
Construction	Konstruksjon
Depth	Dybde
Diagram	Diagram
Diameter	Diameter
Diesel	Diesel
Dimensions	Dimensjoner
Distribution	Distribusjon
Energy	Energi
Levers	Spaker
Liquid	Væske
Machine	Maskin
Measurement	Mål
Motor	Motor
Propulsion	Fremdrift
Stability	Stabilitet
Strength	Styrke
Structure	Struktur

Family
Familien

Ancestor	Stamfar
Aunt	Tante
Brother	Bror
Child	Barn
Childhood	Barndom
Cousin	Fetter
Daughter	Datter
Father	Far
Grandchild	Barnebarn
Grandfather	Bestefar
Grandmother	Bestemor
Husband	Ektemann
Maternal	Mors
Mother	Mor
Nephew	Nevø
Niece	Niese
Paternal	Faderlig
Sister	Søster
Uncle	Onkel
Wife	Kone

Farm #1
Gården #1

Agriculture	Landbruk
Bee	Bie
Bison	Bison
Calf	Kalv
Cat	Katt
Chicken	Kylling
Cow	Ku
Crow	Kråke
Dog	Hund
Donkey	Esel
Fence	Gjerde
Fertilizer	Gjødsel
Field	Felt
Goat	Geit
Hay	Høy
Honey	Honning
Horse	Hest
Rice	Ris
Seeds	Frø
Water	Vann

Farm #2
Gården #2

Animals	Dyr
Barley	Bygg
Barn	Låve
Corn	Korn
Duck	And
Farmer	Bonde
Food	Mat
Fruit	Frukt
Irrigation	Vanning
Lamb	Lam
Llama	Lama
Meadow	Eng
Milk	Melk
Orchard	Frukthage
Sheep	Sau
Shepherd	Hyrde
Tractor	Traktor
Vegetable	Grønnsak
Wheat	Hvete
Windmill	Vindmølle

Fashion
Mote

Affordable	Rimelig
Boutique	Boutique
Buttons	Knapper
Clothing	Klær
Comfortable	Komfortabel
Elegant	Elegant
Embroidery	Broderi
Expensive	Dyrt
Fabric	Stoff
Lace	Blonder
Measurements	Målinger
Minimalist	Minimalistisk
Modern	Moderne
Modest	Beskjeden
Original	Original
Pattern	Mønster
Practical	Praktisk
Style	Stil
Texture	Tekstur
Trend	Trend

Flowers
Blomster

Bouquet	Bukett
Clover	Kløver
Daffodil	Påskelilje
Daisy	Tusenfryd
Dandelion	Løvetann
Gardenia	Gardenia
Hibiscus	Hibiskus
Jasmine	Sjasmin
Lavender	Lavendel
Lilac	Lilla
Lily	Lilje
Magnolia	Magnolia
Orchid	Orkidé
Passionflower	Pasjonsblomst
Peony	Peon
Petal	Kronblad
Plumeria	Plumeria
Poppy	Valmue
Sunflower	Solsikke
Tulip	Tulipan

Food #1
Mat #1

Apricot	Aprikos
Barley	Bygg
Basil	Basilikum
Carrot	Gulrot
Cinnamon	Kanel
Garlic	Hvitløk
Juice	Juice
Lemon	Sitron
Milk	Melk
Onion	Løk
Peanut	Peanøtt
Pear	Pære
Salad	Salat
Salt	Salt
Soup	Suppe
Spinach	Spinat
Strawberry	Jordbær
Sugar	Sukker
Tuna	Tunfisk
Turnip	Nepe

Food #2
Mat #2

Apple	Eple
Artichoke	Artisjokk
Banana	Banan
Broccoli	Brokkoli
Celery	Selleri
Cheese	Ost
Cherry	Kirsebær
Chicken	Kylling
Chocolate	Sjokolade
Egg	Egg
Eggplant	Aubergine
Fish	Fisk
Grape	Drue
Ham	Skinke
Kiwi	Kiwi
Mushroom	Sopp
Rice	Ris
Tomato	Tomat
Wheat	Hvete
Yogurt	Yoghurt

Force and Gravity
Kraft og Gravitasjon

Axis	Akser
Center	Sentrum
Discovery	Oppdagelse
Distance	Avstand
Dynamic	Dynamisk
Expansion	Utvidelse
Friction	Friksjon
Impact	Innvirkning
Magnetism	Magnetisme
Mechanics	Mekanikk
Motion	Bevegelse
Orbit	Bane
Physics	Fysikk
Planets	Planeter
Pressure	Press
Properties	Egenskaper
Speed	Hastighet
Time	Tid
Universal	Universell
Weight	Vekt

Fruit
Frukt

Apple	Eple
Apricot	Aprikos
Avocado	Avokado
Banana	Banan
Berry	Bær
Cherry	Kirsebær
Coconut	Kokosnøtt
Fig	Fig
Grape	Drue
Guava	Guava
Kiwi	Kiwi
Lemon	Sitron
Mango	Mango
Melon	Melon
Nectarine	Nektarin
Papaya	Papaya
Peach	Fersken
Pear	Pære
Pineapple	Ananas
Raspberry	Bringebær

Garden
Hage

Bench	Benk
Bush	Busk
Fence	Gjerde
Flower	Blomst
Garage	Garasje
Garden	Hage
Grass	Gress
Hammock	Hengekøye
Hose	Slange
Lawn	Plen
Orchard	Frukthage
Pond	Dam
Porch	Veranda
Rake	Rake
Shovel	Spade
Terrace	Terrasse
Trampoline	Trampoline
Tree	Tre
Vine	Vintreet
Weeds	Ugress

Gardening
Hagearbeid

Blossom	Blomstre
Botanical	Botanisk
Bouquet	Bukett
Climate	Klima
Compost	Kompost
Container	Beholder
Dirt	Skitt
Edible	Spiselig
Exotic	Eksotisk
Floral	Blomster
Foliage	Løvverk
Hose	Slange
Leaf	Blad
Moisture	Fuktighet
Orchard	Frukthage
Seasonal	Sesongmessig
Seeds	Frø
Soil	Jord
Species	Art
Water	Vann

Geography
Geografi

Altitude	Høyde
Atlas	Atlas
City	By
Continent	Kontinent
Country	Land
Equator	Ekvator
Hemisphere	Halvkule
Island	Øy
Latitude	Breddegrad
Map	Kart
Meridian	Meridian
Mountain	Fjell
North	Nord
Region	Region
River	Elv
Sea	Hav
South	Sør
Territory	Territorium
West	Vest
World	Verden

Geology
Geologi

Acid	Syre
Calcium	Kalsium
Cavern	Hule
Continent	Kontinent
Coral	Korall
Crystals	Crystal
Cycles	Sykluser
Earthquake	Jordskjelv
Erosion	Erosjon
Fossil	Fossilt
Geyser	Geysir
Lava	Lava
Layer	Lag
Minerals	Mineraler
Plateau	Platå
Quartz	Kvarts
Salt	Salt
Stalactite	Stalaktitt
Stone	Stein
Volcano	Vulkan

Geometry
Geometri

Angle	Vinkel
Calculation	Beregning
Circle	Sirkel
Curve	Kurve
Diameter	Diameter
Dimension	Dimensjon
Equation	Ligning
Height	Høyde
Horizontal	Horisontal
Logic	Logikk
Mass	Masse
Median	Median
Number	Nummer
Parallel	Parallell
Proportion	Andel
Segment	Segmentet
Surface	Flate
Symmetry	Symmetri
Theory	Teori
Triangle	Trekant

Global Warming
Global Oppvarming

Arctic	Arktisk
Attention	Oppmerksomhet
Changes	Endringer
Climate	Klima
Crisis	Krise
Data	Data
Development	Utvikling
Energy	Energi
Environmental	Miljø
Future	Fremtid
Gas	Gass
Generations	Generasjoner
Government	Regjering
Habitats	Habitater
Industry	Industri
International	Internasjonal
Legislation	Lovgivning
Now	Nå
Scientist	Forsker
Temperatures	Temperaturer

Government
Myndighetene

Civil	Sivil
Constitution	Grunnlov
Democracy	Demokrati
Discussion	Diskusjon
District	Distrikt
Equality	Likestilling
Independence	Uavhengighet
Judicial	Rettslig
Justice	Rettferdighet
Law	Lov
Leader	Leder
Legal	Lovlig
Liberty	Frihet
Monument	Monument
Nation	Nasjon
Peaceful	Fredelig
Politics	Politikk
Speech	Tale
State	Stat
Symbol	Symbol

Hair Types
Hårtyper

Bald	Skallet
Black	Svart
Blond	Blond
Braided	Flettet
Braids	Fletter
Brown	Brun
Colored	Farget
Curls	Krøller
Curly	Krøllet
Dry	Tørr
Gray	Grå
Healthy	Sunn
Long	Lang
Shiny	Skinnende
Short	Kort
Soft	Myk
Thick	Tykk
Thin	Tynn
Wavy	Bølgete
White	Hvit

Health and Wellness #1
Helse og Velvære #1

Active	Aktiv
Bacteria	Bakterie
Bones	Bein
Clinic	Klinikk
Doctor	Lege
Fracture	Brudd
Habit	Vane
Height	Høyde
Hormones	Hormoner
Hunger	Sult
Medicine	Medisin
Muscles	Muskler
Nerves	Nerver
Pharmacy	Apotek
Reflex	Refleks
Relaxation	Avslapning
Skin	Hud
Therapy	Terapi
Treatment	Behandling
Virus	Virus

Health and Wellness #2
Helse og Velvære #2

Allergy	Allergi
Anatomy	Anatomi
Appetite	Appetitt
Blood	Blod
Calorie	Kalori
Dehydration	Dehydrering
Diet	Diett
Disease	Sykdom
Energy	Energi
Genetics	Genetikk
Healthy	Sunn
Hospital	Sykehus
Hygiene	Hygiene
Infection	Infeksjon
Massage	Massasje
Mood	Humør
Nutrition	Ernæring
Stress	Stress
Vitamin	Vitamin
Weight	Vekt

Herbalism
Urtemedisin

Aromatic	Aromatisk
Basil	Basilikum
Beneficial	Gunstig
Culinary	Kulinarisk
Fennel	Fennikel
Flavor	Smak
Flower	Blomst
Garden	Hage
Garlic	Hvitløk
Green	Grønn
Ingredient	Ingrediens
Lavender	Lavendel
Marjoram	Marjoram
Mint	Mynte
Oregano	Oregano
Parsley	Persille
Plant	Plante
Rosemary	Rosmarin
Saffron	Safran
Tarragon	Estragon

Hiking
Vandring

Animals	Dyr
Boots	Støvler
Camping	Camping
Cliff	Klippe
Climate	Klima
Hazards	Farer
Heavy	Tung
Map	Kart
Mosquitoes	Mygg
Mountain	Fjell
Nature	Natur
Orientation	Orientering
Parks	Parker
Preparation	Forberedelse
Stones	Steiner
Summit	Toppmøte
Sun	Sol
Tired	Trøtt
Water	Vann
Wild	Vill

House
Hus

Attic	Loft
Broom	Kost
Curtains	Gardiner
Door	Dør
Fence	Gjerde
Fireplace	Peis
Floor	Gulv
Furniture	Møbler
Garage	Garasje
Garden	Hage
Keys	Nøkler
Kitchen	Kjøkken
Lamp	Lampe
Library	Bibliotek
Mirror	Speil
Roof	Tak
Room	Rom
Shower	Dusj
Wall	Vegg
Window	Vindu

Human Body
Menneskekroppen

Ankle	Ankel
Blood	Blod
Brain	Hjerne
Chin	Hake
Ear	Øre
Elbow	Albue
Face	Ansikt
Finger	Finger
Hand	Hånd
Head	Hode
Heart	Hjerte
Jaw	Kjeve
Knee	Kne
Leg	Bein
Lips	Lepper
Mouth	Munn
Neck	Hals
Nose	Nese
Shoulder	Skulder
Skin	Hud

Jazz
Jazz

Album	Album
Applause	Applaus
Artist	Kunstner
Composer	Komponist
Composition	Sammensetning
Concert	Konsert
Drums	Trommer
Emphasis	Vekt
Famous	Berømt
Favorites	Favoritter
Improvisation	Improvisasjon
Music	Musikk
New	Ny
Old	Gammel
Orchestra	Orkester
Rhythm	Rytme
Song	Sang
Style	Stil
Talent	Talent
Technique	Teknikk

Kitchen
Kjøkken

Apron	Forkle
Bowl	Bolle
Chopsticks	Spisepinner
Cups	Kopper
Food	Mat
Forks	Gafler
Freezer	Fryser
Grill	Grille
Jar	Krukke
Jug	Mugge
Kettle	Kjele
Knives	Kniver
Ladle	Øse
Napkin	Serviett
Oven	Ovn
Recipe	Oppskrift
Refrigerator	Kjøleskap
Spices	Krydder
Sponge	Svamp
Spoons	Skjeer

Landscapes
Landskap

Beach	Strand
Cave	Hule
Cliff	Klippe
Desert	Ørken
Geyser	Geysir
Glacier	Isbre
Hill	Ås
Iceberg	Isfjell
Island	Øy
Lake	Innsjø
Mountain	Fjell
Oasis	Oase
Peninsula	Halvøy
River	Elv
Sea	Hav
Swamp	Sump
Tundra	Tundra
Valley	Dal
Volcano	Vulkan
Waterfall	Foss

Literature
Litteratur

Analogy	Analogi
Analysis	Analyse
Anecdote	Anekdote
Author	Forfatter
Biography	Biografi
Comparison	Sammenligning
Conclusion	Konklusjon
Description	Beskrivelse
Dialogue	Dialog
Metaphor	Metafor
Narrator	Forteller
Novel	Roman
Opinion	Mening
Poem	Dikt
Poetic	Poetisk
Rhyme	Rim
Rhythm	Rytme
Style	Stil
Theme	Tema
Tragedy	Tragedie

Mammals
Pattedyr

Bear	Bjørn
Beaver	Bever
Bull	Okse
Cat	Katt
Coyote	Prærieulv
Dog	Hund
Dolphin	Delfin
Elephant	Elefant
Fox	Rev
Giraffe	Sjiraff
Gorilla	Gorilla
Horse	Hest
Kangaroo	Kenguru
Lion	Løve
Monkey	Ape
Rabbit	Kanin
Sheep	Sau
Whale	Hval
Wolf	Ulv
Zebra	Sebra

Math
Matematikk

Angles	Vinkler
Arithmetic	Aritmetikk
Circumference	Omkrets
Decimal	Desimal
Degrees	Grader
Diameter	Diameter
Division	Divisjon
Equation	Ligning
Exponent	Eksponent
Fraction	Brøkdel
Geometry	Geometri
Parallel	Parallell
Polygon	Polygon
Radius	Radius
Rectangle	Rektangel
Square	Torget
Sum	Sum
Symmetry	Symmetri
Triangle	Trekant
Volume	Volum

Measurements
Målinger

Byte	Byte
Centimeter	Centimeter
Decimal	Desimal
Degree	Grad
Depth	Dybde
Gram	Gram
Height	Høyde
Inch	Tomme
Kilogram	Kilo
Kilometer	Kilometer
Length	Lengde
Liter	Liter
Mass	Masse
Meter	Meter
Minute	Minutt
Ounce	Unse
Ton	Tonn
Volume	Volum
Weight	Vekt
Width	Bredde

Meditation
Meditasjon

Acceptance	Aksept
Attention	Oppmerksomhet
Awake	Våken
Breathing	Puste
Calm	Rolig
Clarity	Klarhet
Compassion	Medfølelse
Emotions	Følelser
Gratitude	Takknemlighet
Habits	Vaner
Kindness	Vennlighet
Mental	Mental
Mind	Sinn
Movement	Bevegelse
Music	Musikk
Nature	Natur
Peace	Fred
Perspective	Perspektiv
Silence	Stillhet
Thoughts	Tanker

Music
Musikk

Album	Album
Ballad	Ballade
Chorus	Kor
Classical	Klassisk
Eclectic	Eklektisk
Harmonic	Harmonisk
Harmony	Harmoni
Lyrical	Lyrisk
Melody	Melodi
Microphone	Mikrofon
Musical	Musikalsk
Musician	Musiker
Opera	Opera
Poetic	Poetisk
Recording	Innspilling
Rhythm	Rytme
Rhythmic	Rytmisk
Sing	Synge
Singer	Sanger
Vocal	Vokal

Musical Instruments
Musikkinstrumenter

Banjo	Banjo
Bassoon	Fagott
Cello	Cello
Clarinet	Klarinett
Drum	Tromme
Drumsticks	Trommestikker
Flute	Fløyte
Gong	Gong
Guitar	Gitar
Harp	Harpe
Mandolin	Mandolin
Marimba	Marimba
Oboe	Obo
Percussion	Perkusjon
Piano	Piano
Saxophone	Saksofon
Tambourine	Tamburin
Trombone	Trombone
Trumpet	Trompet
Violin	Fiolin

Mythology
Mytologi

Archetype	Arketype
Behavior	Oppførsel
Beliefs	Tro
Creation	Skapelse
Creature	Skapning
Culture	Kultur
Disaster	Katastrofe
Heaven	Himmel
Hero	Helt
Immortality	Udødelighet
Jealousy	Sjalusi
Labyrinth	Labyrint
Legend	Legende
Lightning	Lyn
Monster	Monster
Mortal	Dødelig
Revenge	Hevn
Strength	Styrke
Thunder	Torden
Warrior	Kriger

Nature
Naturen

Animals	Dyr
Arctic	Arktisk
Beauty	Skjønnhet
Bees	Bier
Cliffs	Klipper
Clouds	Skyer
Desert	Ørken
Dynamic	Dynamisk
Erosion	Erosjon
Fog	Tåke
Foliage	Løvverk
Forest	Skog
Glacier	Isbre
Peaceful	Fredelig
River	Elv
Sanctuary	Helligdom
Serene	Rolig
Tropical	Tropisk
Vital	Viktig
Wild	Vill

Numbers
Antall

Decimal	Desimal
Eight	Åtte
Eighteen	Atten
Fifteen	Femten
Five	Fem
Four	Fire
Fourteen	Fjorten
Nine	Ni
Nineteen	Nitten
One	En
Seven	Syv
Seventeen	Sytten
Six	Seks
Sixteen	Seksten
Ten	Ti
Thirteen	Tretten
Three	Tre
Twelve	Tolv
Twenty	Tjue
Two	To

Nutrition
Ernæring

Appetite	Appetitt
Balanced	Balansert
Bitter	Bitter
Calories	Kalorier
Carbohydrates	Karbohydrater
Diet	Diett
Digestion	Fordøyelse
Edible	Spiselig
Fermentation	Gjæring
Flavor	Smak
Habits	Vaner
Health	Helse
Healthy	Sunn
Nutrient	Næringsstoff
Proteins	Proteiner
Quality	Kvalitet
Sauce	Saus
Toxin	Gift
Vitamin	Vitamin
Weight	Vekt

Ocean
Havet

Algae	Alger
Coral	Korall
Crab	Krabbe
Dolphin	Delfin
Eel	Ål
Fish	Fisk
Jellyfish	Manet
Octopus	Blekksprut
Oyster	Østers
Reef	Rev
Salt	Salt
Seaweed	Tang
Shark	Hai
Shrimp	Reke
Sponge	Svamp
Storm	Storm
Tides	Tidevann
Tuna	Tunfisk
Turtle	Skilpadde
Whale	Hval

Philanthropy
Filantropi

Challenges	Utfordringer
Charity	Veldedighet
Children	Barn
Community	Samfunnet
Contacts	Kontakter
Donate	Donere
Finance	Finans
Funds	Midler
Generosity	Gavmildhet
Goals	Mål
Groups	Grupper
History	Historie
Honesty	Ærlighet
Humanity	Menneskehet
Mission	Misjon
Need	Trenge
People	Folk
Programs	Programmer
Public	Offentlig
Youth	Ungdom

Physics
Fysikk

Acceleration	Akselerasjon
Atom	Atom
Chaos	Kaos
Chemical	Kjemisk
Density	Tetthet
Electron	Elektron
Engine	Motor
Expansion	Utvidelse
Experiment	Eksperiment
Formula	Formel
Frequency	Frekvens
Gas	Gass
Magnetism	Magnetisme
Mass	Masse
Mechanics	Mekanikk
Molecule	Molekyl
Nuclear	Nukleær
Particle	Partikkel
Universal	Universell
Velocity	Hastighet

Plants
Planter

Bamboo	Bambus
Bean	Bønne
Berry	Bær
Botany	Botanikk
Bush	Busk
Cactus	Kaktus
Fertilizer	Gjødsel
Flora	Flora
Flower	Blomst
Foliage	Løvverk
Forest	Skog
Garden	Hage
Grass	Gress
Ivy	Eføy
Moss	Mose
Petal	Kronblad
Root	Rot
Stem	Stilk
Tree	Tre
Vegetation	Vegetasjon

Professions #1
Yrker # 1

Ambassador	Ambassadør
Astronomer	Astronom
Attorney	Advokat
Banker	Bankier
Cartographer	Kartograf
Coach	Trener
Dancer	Danser
Doctor	Lege
Editor	Redaktør
Geologist	Geolog
Hunter	Jeger
Jeweler	Gullsmed
Musician	Musiker
Nurse	Sykepleier
Pianist	Pianist
Plumber	Rørlegger
Psychologist	Psykolog
Sailor	Sjømann
Tailor	Skredder
Veterinarian	Veterinær

Professions #2
Yrker # 2

Astronaut	Astronaut
Biologist	Biolog
Dentist	Tannlege
Detective	Detektiv
Engineer	Ingeniør
Farmer	Bonde
Gardener	Gartner
Illustrator	Illustratør
Inventor	Oppfinner
Journalist	Journalist
Librarian	Bibliotekar
Linguist	Lingvist
Painter	Maler
Philosopher	Filosof
Photographer	Fotograf
Physician	Lege
Pilot	Pilot
Surgeon	Kirurg
Teacher	Lærer
Zoologist	Zoolog

Psychology
Psykologi

Appointment	Avtale
Assessment	Vurdering
Behavior	Oppførsel
Childhood	Barndom
Clinical	Klinisk
Cognition	Kognisjon
Conflict	Konflikt
Dreams	Drømmer
Ego	Ego
Emotions	Følelser
Experiences	Erfaringer
Ideas	Ideer
Perception	Oppfatning
Personality	Personlighet
Problem	Problem
Reality	Virkelighet
Sensation	Følelse
Therapy	Terapi
Thoughts	Tanker
Unconscious	Bevisstløs

Rainforest
Regnskogen

Amphibians	Amfibier
Birds	Fugler
Botanical	Botanisk
Climate	Klima
Clouds	Skyer
Community	Samfunnet
Diversity	Mangfold
Indigenous	Urfolk
Insects	Insekter
Jungle	Jungel
Mammals	Pattedyr
Moss	Mose
Nature	Natur
Preservation	Bevaring
Refuge	Tilflukt
Respect	Respekt
Restoration	Restaurering
Species	Art
Survival	Overlevelse
Valuable	Verdifull

Restaurant #2
Restaurant # 2

Beverage	Drikk
Cake	Kake
Chair	Stol
Delicious	Deilig
Dinner	Middag
Eggs	Egg
Fish	Fisk
Fork	Gaffel
Fruit	Frukt
Ice	Is
Lunch	Lunsj
Noodles	Nudler
Salad	Salat
Salt	Salt
Soup	Suppe
Spices	Krydder
Spoon	Skje
Vegetables	Grønnsaker
Waiter	Kelner
Water	Vann

Science
Vitenskap

Atom	Atom
Chemical	Kjemisk
Climate	Klima
Data	Data
Evolution	Evolusjon
Experiment	Eksperiment
Fact	Faktum
Fossil	Fossilt
Gravity	Tyngdekraft
Hypothesis	Hypotese
Laboratory	Laboratorium
Method	Metode
Minerals	Mineraler
Molecules	Molekyler
Nature	Natur
Organism	Organisme
Particles	Partikler
Physics	Fysikk
Plants	Planter
Scientist	Forsker

Science Fiction
Science Fiction

Atomic	Atom
Books	Bøker
Chemicals	Kjemikalier
Cinema	Kino
Dystopia	Dystopi
Explosion	Eksplosjon
Extreme	Ekstrem
Fantastic	Fantastisk
Fire	Brann
Futuristic	Futuristisk
Galaxy	Galaxy
Illusion	Illusjon
Imaginary	Innbilt
Mysterious	Mystisk
Oracle	Orakel
Planet	Planet
Robots	Roboter
Technology	Teknologi
Utopia	Utopi
World	Verden

Scientific Disciplines
Vitenskapelige Disipliner

Anatomy	Anatomi
Archaeology	Arkeologi
Astronomy	Astronomi
Biochemistry	Biokjemi
Biology	Biologi
Botany	Botanikk
Chemistry	Kjemi
Ecology	Økologi
Geology	Geologi
Immunology	Immunologi
Kinesiology	Kinesiologi
Linguistics	Lingvistikk
Mechanics	Mekanikk
Mineralogy	Mineralogi
Neurology	Nevrologi
Physiology	Fysiologi
Psychology	Psykologi
Sociology	Sosiologi
Thermodynamics	Termodynamikk
Zoology	Zoologi

Shapes
Former

Arc	Bue
Circle	Sirkel
Cone	Kjegle
Corner	Hjørne
Cube	Kube
Curve	Kurve
Cylinder	Sylinder
Edges	Kanter
Ellipse	Ellipse
Hyperbola	Hyperbola
Line	Linje
Oval	Oval
Polygon	Polygon
Prism	Prisme
Pyramid	Pyramide
Rectangle	Rektangel
Side	Side
Sphere	Sfære
Square	Torget
Triangle	Trekant

Spices
Krydder

Anise	Anis
Bitter	Bitter
Cardamom	Kardemomme
Cinnamon	Kanel
Clove	Fedd
Coriander	Koriander
Cumin	Spisskummen
Curry	Karri
Fennel	Fennikel
Flavor	Smak
Garlic	Hvitløk
Ginger	Ingefær
Licorice	Lakris
Nutmeg	Muskat
Onion	Løk
Paprika	Paprika
Saffron	Safran
Salt	Salt
Sweet	Søt
Vanilla	Vanilje

Technology
Teknologi

Blog	Blogg
Browser	Nettleser
Bytes	Byte
Camera	Kamera
Computer	Datamaskin
Cursor	Markør
Data	Data
Digital	Digitalt
Display	Vise
File	Fil
Font	Skrift
Internet	Internett
Message	Melding
Research	Forskning
Screen	Skjerm
Security	Sikkerhet
Software	Programvare
Statistics	Statistikk
Virtual	Virtuell
Virus	Virus

The Company
Selskapet

Business	Virksomhet
Creative	Kreativ
Decision	Beslutning
Employment	Sysselsetting
Global	Global
Industry	Industri
Innovative	Innovativ
Investment	Investering
Possibility	Mulighet
Presentation	Presentasjon
Product	Produkt
Professional	Profesjonell
Progress	Framgang
Quality	Kvalitet
Reputation	Rykte
Resources	Ressurser
Revenue	Inntekter
Risks	Risiko
Trends	Trender
Units	Enheter

The Media
Mediene

Advertisements	Annonser
Attitudes	Holdninger
Commercial	Kommersiell
Communication	Kommunikasjon
Digital	Digitalt
Edition	Utgave
Education	Utdanning
Facts	Fakta
Funding	Finansiering
Individual	Individ
Industry	Industri
Intellectual	Intellektuell
Local	Lokal
Magazines	Magasiner
Network	Nettverk
Newspapers	Aviser
Online	Online
Opinion	Mening
Public	Offentlig
Radio	Radio

Time
Tid

Annual	Årlig
Before	Før
Calendar	Kalender
Century	Århundre
Clock	Klokke
Day	Dag
Decade	Tiår
Early	Tidlig
Future	Fremtid
Hour	Time
Minute	Minutt
Month	Måned
Morning	Morgen
Night	Natt
Noon	Middagstid
Now	Nå
Soon	Snart
Today	I Dag
Week	Uke
Year	År

Town
Byen

Airport	Flyplassen
Bakery	Bakeri
Bank	Bank
Bookstore	Bokhandel
Cafe	Kafé
Cinema	Kino
Clinic	Klinikk
Gallery	Galleri
Hotel	Hotell
Library	Bibliotek
Market	Marked
Museum	Museum
Pharmacy	Apotek
School	Skole
Stadium	Stadion
Store	Butikk
Supermarket	Supermarked
Theater	Teater
University	Universitet
Zoo	Dyrehage

Universe
Universet

Asteroid	Asteroide
Astronomer	Astronom
Astronomy	Astronomi
Atmosphere	Atmosfære
Celestial	Himmelsk
Cosmic	Kosmisk
Darkness	Mørke
Eon	Eon
Galaxy	Galaxy
Hemisphere	Halvkule
Horizon	Horisont
Latitude	Breddegrad
Moon	Måne
Orbit	Bane
Sky	Himmel
Solar	Solar
Solstice	Solverv
Telescope	Teleskop
Visible	Synlig
Zodiac	Dyrekretsen

Vacation #2
Ferie # 2

Airport	Flyplassen
Beach	Strand
Camping	Camping
Destination	Destinasjon
Foreign	Fremmed
Foreigner	Utlending
Holiday	Ferie
Hotel	Hotell
Island	Øy
Journey	Reise
Leisure	Fritid
Map	Kart
Mountains	Fjell
Passport	Pass
Sea	Hav
Taxi	Taxi
Tent	Telt
Train	Tog
Transportation	Transport
Visa	Visum

Vegetables
Grønnsaker

Artichoke	Artisjokk
Broccoli	Brokkoli
Carrot	Gulrot
Cauliflower	Blomkål
Celery	Selleri
Cucumber	Agurk
Eggplant	Aubergine
Garlic	Hvitløk
Ginger	Ingefær
Mushroom	Sopp
Onion	Løk
Parsley	Persille
Pea	Ert
Pumpkin	Gresskar
Radish	Reddik
Salad	Salat
Shallot	Sjalottløk
Spinach	Spinat
Tomato	Tomat
Turnip	Nepe

Vehicles
Kjøretøy

Airplane	Fly
Ambulance	Ambulanse
Bicycle	Sykkel
Boat	Båt
Bus	Buss
Car	Bil
Caravan	Campingvogn
Ferry	Ferje
Helicopter	Helikopter
Motor	Motor
Raft	Flåte
Rocket	Rakett
Scooter	Scooter
Submarine	Undervannsbåt
Subway	T
Taxi	Taxi
Tires	Dekk
Tractor	Traktor
Train	Tog
Truck	Lastebil

Visual Arts
Bildende Kunst

Architecture	Arkitektur
Artist	Artist
Ceramics	Keramikk
Chalk	Kritt
Charcoal	Kull
Clay	Leire
Composition	Sammensetning
Creativity	Kreativitet
Easel	Staffeli
Film	Film
Masterpiece	Mesterverk
Painting	Maleri
Pen	Penn
Pencil	Blyant
Perspective	Perspektiv
Photograph	Fotografi
Portrait	Portrett
Sculpture	Skulptur
Stencil	Sjablong
Wax	Voks

Congratulations

You made it!

We hope you enjoyed this book as much as we enjoyed making it. We do our best to make high quality games.
These puzzles are designed in a clever way for you to learn actively while having fun!

Did you love them?

A Simple Request

Our books exist thanks your reviews. Could you help us by leaving one now?

Here is a short link which will take you to your order review page:

BestBooksActivity.com/Review50

MONSTER CHALLENGE!

Challenge #1

Ready for Your Bonus Game? We use them all the time but they are not so easy to find. Here are **Synonyms**!

Note 5 words you discovered in each of the Puzzles noted below (#21, #36, #76) and **try to find 2 synonyms** for each word.

Note 5 Words from *Puzzle 21*

Words	Synonym 1	Synonym 2

Note 5 Words from *Puzzle 36*

Words	Synonym 1	Synonym 2

Note 5 Words from *Puzzle 76*

Words	Synonym 1	Synonym 2

Challenge #2

Now that you are warmed-up, note 5 words you discovered in each Puzzle noted below (#9, #17, #25) and try to find 2 antonyms for each word. How many lines can you do in 20 minutes?

Note 5 Words from **Puzzle 9**

Words	Antonym 1	Antonym 2

Note 5 Words from **Puzzle 17**

Words	Antonym 1	Antonym 2

Note 5 Words from **Puzzle 25**

Words	Antonym 1	Antonym 2

Challenge #3

Wonderful, this monster challenge is nothing to you!

Ready for the last one? Choose your 10 favorite words discovered in any of the Puzzles and note them below.

1.	6.
2.	7.
3.	8.
4.	9.
5.	10.

Now, using these words and within a maximum of six sentences, your challenge is to compose a text about a person, animal or place that you love!

Tip: You can use the last blank page of this book as a draft!

Your Writing:

Explore a Unique Store
Set Up **FOR YOU!**

MEGA DEALS

BestActivityBooks.com/**TheStore**

Designed for Entertainment!

Light Up Your Brain With Unique **Gift Ideas**.

Access **Surprising** And **Essential Supplies!**

CHECK OUT OUR MONTHLY SELECTION NOW!

- Expertly Crafted Products -

NOTEBOOK:

SEE YOU SOON!

Linguas Classics Team

Made in United States
Troutdale, OR
12/04/2023

15315151R00084